国潮 中
献身
元宇宙

CHINA
CHIC
METAVERSE

DEDICATION

死者长鸣

凉言 著

四川大学出版社
SICHUAN UNIVERSITY PRESS

平安夜，不眠夜

2046年12月25日，清晨五点半，天色依旧像浓墨一样黑，没有星光，也没有曙光，天气预报说今晚有大雪。在这个名叫平成的北方小城，十二月的冬夜总是那样漫长。

装裱师有些恼火，这个房间的灯早坏了，窗玻璃脏污，沾满了干燥的鸽子粪。屋外射入的光线昏暗，他看不清作品。

昨晚是平安夜，也是一个不眠夜。有两种截然不同的人都在熬夜。一种是那些守旧的人，他们仍旧看重节日；另一种，是极客、未来主义者、关注宇航事业发展的人。此刻，他们正守在全息直播窗口前，看着从冥王星传回的准实时画面（画面从冥王星传输到地球需要四小时三十六分），等待人类几个世纪以来最伟大的实验——曲速引擎实验的结果。

全球总人口六十七亿，此刻有四分之一的人在看着一根橙黄色的金属棒。这根金属棒质量为十克，放置在一个白色的操作台的正中央，操作台上有间隔五厘米的一道道红色细线标记着距离。跟随摄像头的视野，人们能看到部分同样为白色的真空隔离罩，笼罩在操作台的上方。接下来，曲速引擎将制造出一个曲速泡，让这根金属棒以超光速移动两个刻度，也就是十厘米。由于曲速引擎需要负能量提供驱动力，其制造过程需要巨大的能量，很可能对附近的时空结构造成干扰和破坏，因此这个实验被安排在远离地球的冥王星上，由人工智能设计和操控。今晚是原型实验，即一系列实验的第一次。

　　虽然是灯火通明的不眠夜，可这里是一片等待拆迁的废弃小区，是被都市繁华遗忘的地方，黑灯瞎火的。正在装裱师恼怒的时候，一公里之外，一朵烟花在空中绽放，硕大而灿烂。光从斜上方射下来，一瞬间照亮了死者的脸。在强光下，那张老人的脸显得苍白而平静。巧合的是，烟花的光射入的角度，和油画里竟然一模一样。装裱师感到很满意，这张脸的还原度很高，连胡须都很相似。

　　死者坐在墙角一张床上，左手向上高高举起，右手向前方伸出去，在虚空中取那杯致命的毒酒。他的上身赤裸着，下身裹着一条白色的袍子，衣着和那幅油画高度相似。可惜的是这动作有些僵硬呆板，不像画中那般自然，因为死者的背和胳膊是用透明的塑料支架固定在墙上的，只有这样才能保持造型。这就是用人的身体做艺术创作的原料的缺点：姿势总是难以固定。

　　木床上，留有一个黑色马克笔的签名：走出洞穴的装裱师。

　　烟花的光也照亮了地上黑灰色的镣铐，像是一条卷曲的蛇。这亮光转瞬即灭，好像专门给他机会，看清自己的作品。

　　装裱师叹了口气，这个作品还有众多缺陷，但装裱是一门遗憾的艺术，能做到这样，已经相当不容易。随后，他用戴着手套的手将门轻轻关上。

　　此时，他静静站在走廊，等待约定的时刻到来。但是，兜里手机在叮咚作响，不停给他推送新闻。他轻轻说了一声："搞什么呢？"

　　手机搭载的AI随身天使立刻回答："来了一个大新闻。曲速引擎的第一次实验成功了，全世界都在庆祝。"

　　仿佛是为了应和这句话，天空中又一朵烟花绽放。装裱师侧耳倾听，遥远的地方正传来欢呼声。

装裱师说："更多信息。"

一秒钟内，随身天使搜索了元宇宙里各个星球的信息，并根据可信度和关联度进行了排名。排在第一位的是未来学家、宝云集团人工智能研究院的院长吴石两天前做的一次演讲的视频。装裱师将手机从兜里取出来，随身天使投放出全息影像。

面对着镜头，吴石侃侃而谈：

"试想一下，几个世纪之后，人们可以在一天之内，从银河系的一端旅行到另一端，那时，人类的生活会怎样？

"悲观主义者会说，曲速引擎技术从实验成功到真正应用，技术难题多如牛毛。但我必须指出，最多三十年，星际飞船就能研制成功。太过乐观了吗？我知道你会这么说，但是，别忘了我们有两件武器：第一件是元宇宙，现在，宝云集团可以同时在私有云上模拟三十个元宇宙，每个元宇宙都和基底宇宙有着同样的物理定律，相当于我们可以同时推进三十条技术路线；第二件是人工智能，它们可以用比人快一千万倍的速度学习知识，推导新的公式，开发新的航天材料。我们会让三十个AI团队互相竞争，优胜劣汰、奖勤罚懒……"

吴石有一种天赋，即使是阐述枯燥的技术问题，他也充满激情。装裱师带着仇恨盯着他的脸，心想如果计划成功的话，你也得意不了几天了。一抹笑意浮现在脸上，他将全息投影关掉，将手机放回兜里，静静地等待着警察的到来。

被打断的梦境

就在装裱师打量着自己的艺术品时,平成市公安局九二一专案组的组长程一涵正躺在椅子上睡觉。

公安局值班室有一张简易的行军床,但程一涵更习惯将人体工学椅子放倒后当床来用,数不清多少个夜晚,程一涵加班到凌晨一两点钟,就这么在椅子上凑合着睡一晚,第二天早上继续工作。正是这个原因,导致程一涵刚满三十六岁,看起来却像四十多岁的人,额上的抬头纹很粗,经常是一对熊猫眼。

但今晚他不是加班,而是例行的值班。

按规定,九二一专案组每晚都要有人值班。这值班的活儿,本不该轮到组长程一涵,但手下的小伙子们连续几个月加班,程一涵看着心有不忍,于是让他们平安夜都回家好好陪老婆或者女友过节。他调侃说,单身狗平安夜容易受刺激,得找个清静的地方待着。其实在元宇宙里,他有虚拟家庭。这虚拟家庭和真实家庭之间的区别,就如同塑料花和真花,虽然塑料花比不上真花香,可是更持久、更实用,不过这些"不足为外人道也"。

专案组副组长楚珺不好意思让他一个人待着,陪着他玩了一会儿AR战争游戏。每次玩游戏,程一涵都有些愧疚,特别是在上班时间,他心里知道这是违反规定的,但奇怪的是,这种愧疚却让他更加沉迷游戏之中,或许这就是逃避吧。有时候程一涵想,任何能让一个人沉浸其中的事情,其实都是一种逃避,就连破案也是一种逃避。

　　楚珺扮演前线观察员,要尽可能贴近敌军前线,将敌军重要目标的经纬度坐标告知后面的远程火力部队。程一涵的角色是炮手,要操纵火炮向楚珺传来的坐标射击。两个人玩到晚上九点,杀得对手尸横遍野,程一涵看到楚珺面露倦容,就催着他回家了。楚珺走后,程一涵喊了一声"潇潇",唤出自己的随身天使程潇潇。

　　程潇潇的全息投影浮现在空中。采用高仿真技术,程潇潇设定为小女孩,年龄永远停留在八岁。她(它)穿着粉色的、蘑菇图案的连衣裙,白色的连裤袜,脚上是一双黑色的圆头皮鞋。

　　"哥,我来了。"

　　"困了。"

　　"又要发奋读书了?今天读什么?"

　　"来点英文的吧。"

　　程潇潇将一本英文电子书 *Criminal Psychology*(《犯罪心理学》)投影到空中,程一涵闭上眼睛,说:"潇潇给我读。"

　　稚嫩的童音响起。读了不到十分钟,睡意如水,开始浸润身躯。

　　李瑜曾经让程一涵多读英文,用她的话说:"英文是一块敲门砖。"但在程一涵这里,敲开的是睡门。根据他的认真研究、反复摸索,和英文一样有效的,还有《微积分》和《线性代数》,都是敲门神器。

　　程一涵睡着了。

　　当庆祝的烟花在装裱师头顶上绽放时,公安局附近也有人在喧嚣庆祝。程一涵惊醒过来,嘟囔了一句:"几点了?"程潇潇回答:"哥,五点四十一分。"

于是程一涵翻了个身，试图继续入睡，却再也睡不安稳。程一涵讨厌浅睡眠，在浅睡眠状态下，讨厌的梦境破门而入，这种梦一望便知是现实的扭曲和变形。

他梦到自己坐在河岸上，屁股下面是松软的青草，身后不远处传来轰鸣声，那是一条瀑布吧？一定是的，他甚至能感受到空气里的湿气。程一涵将两只赤着的脚伸进河水里。

河水呈深绿色，很温暖，有一条很小的鱼从程一涵的脚趾间游过，让他感到阵阵发痒。一阵嬉笑声从水里传出，他低头，只见水里有两张扭曲的脸。光的折射让那两张脸变形，但他还是一眼认出，那是尚在计划中的一双虚拟儿女。一儿一女，他们的脸和他设想的一模一样，已经用编辑器设定好了，只等他的AI女友柳梦琪同意，她有些抵触，但是她会同意的，实在不行，还可以用编辑器修改她的人格。

下一秒，他看到了他们的身体，一对儿女都是光溜溜的人面鱼身的怪物，一边嬉笑着一边向远方游去。他跳到水里去追，笨拙地扑腾着，情急之间喊了一声，那句话好像一句咒语，将他们定在了水里。他缓慢地向前游去，和他的猎物——一双儿女——越来越近。孩子们的笑声变成惊惶的呼喊。他快要抓住他们了，他的手已经触到了他们覆盖着黏液的尾巴。

他突然感受到一种悲哀，自己在做什么？

生活的真相总是潜伏在某个地方，等着给人以出乎意料的一击。

就在这时，电话铃声响了，将程一涵从令人不快的梦境中解救出来。

桌上有两部电话，红色的一部是内线电话，蓝色的一部是市民提供九二一专案线索的专线电话,现在铃声大作的正是后者。谁会在这个点儿打电话提供线索?程一涵下意识觉得这是个恶作剧。过去两年,这样的恶作剧已经发生过好多次了,一般是百无聊赖的不良少年所为。

对方选择了语音通话,没有画面。声音有些奇怪,日后程一涵回忆起来,觉得那声音带着一股金属味儿,冷冰冰的。

"装裱师又在创作了。栖云路213号2号楼203房间。你要快些,不然就抓不住他了。"

程一涵反问:"你是谁?"

对方回答:"我是B的朋友。"

这个古怪的答复让程一涵一愣,"B的朋友?什么意思?"

可对方已经挂掉了电话。

程一涵看了一下表,现在是五点五十七分。他连忙起身准备出警,哪怕这是假情报,也不能冒错失线索的风险。办公室在三楼,车库在地下一层。程一涵抓起包跑向电梯,在电梯里给楚珺打了电话,让楚珺通知住在附近的两名刑警张子凡和王一帆火速赶到现场。与此同时,程一涵又打电话给技侦科的头儿张靖宇,请他赶紧赶到警局,二十分钟内要定位来电的位置。

张科长接电话的时候还在被窝里,没准还搂着老婆。他骂骂咧咧的,丝毫不掩饰心中不快:"二十分钟?我不穿衣服马上赶到局里也要半小时!"

"这可是立功的机会,一块大肉呢,我送到你嘴边了,你还挑三拣四的?要我给你塞嘴里?"

程一涵第一次这么不客气,他明显感觉到张科长那头愣了一下,没等那头答话,程一涵挂掉了电话,他抓起外勤包冲进地下一层的车库,喊了一声"的卢",这是他的警车的昵称。人工智能听到了主人的呼唤,车灯亮了起来,迅速向程一涵开去,停在主人身边。

程一涵拉开车门,"栖云路213号,越快越好!"

的卢随即发动起来。程一涵抬起手腕看表,此刻是六点零四分。

两起命案

九二一专案组是以发现装裱师的第一件"作品"的日期命名的,那是两年前的九月二十一日。那天早上七点,市公安局接到一位护林员打来的报案电话,说是在森林里发现了一颗人头,被钉子钉在树干上。

巧合的是,那天早晨,接报警电话的就是程一涵,而前天晚上,他值了一个通宵的班,在元宇宙的"丧尸星球"打了一个晚上的丧尸。他主动值班的原因是不愿意回家。这个家,曾是他与谈了两年的女朋友李瑜的爱巢,但现在这狭小的巢已经容不下一只展翅欲飞的凤凰。李瑜是一个很刻苦的人,她半工半读,拿下了网络安全博士学位,进而在省公安厅的元宇宙犯罪研究所找到了一个研究员的职位,两人面临异地分居的局面。

程一涵有一种强烈的预感,分居也是劳燕分飞的开始。

比翼齐飞的两只燕子,如果有一只有了鸿鹄之志,另外一只却只想做一只普通的飞鸟,关系怕是不能持久的。按照李瑜的话说,程一涵不能再懵懂下去了，需要好好规划一下未来，需要"醒悟"。其实程一涵心里明白，当你是有用之人的时候，所有机会都会主动找上门来；当大家觉得你没用了，你就在角落里凉快着吧。这就是程一涵的"醒悟"。渐渐地，他习惯了通过游戏逃避这个"醒悟"。

正是因为打了一宿游戏，程一涵脑袋昏昏沉沉的，听到"尸体"两个字，一时不敢相信，问了一句："你看清楚了？不是塑料的？"之前发生过遗弃在路边的塑料模特被当成尸体的乌龙事件。

护林员是个结巴，急得直跺脚，"有有……有臭味！"

程一涵的肾上腺素飙升，兴奋远大于恐惧。

四十六分钟后，程一涵等五名刑警赶到现场。这里是三峰山脚下的一片森林，按照护林员发来的GPS定位，他们穿过茂密的松林来到发现尸块的地方。

那是森林中的一处凹地。九月，北方秋意已浓，在野外，气温更低。地上铺了一层枯黄的落叶，踩上去嘎吱嘎吱的。程一涵看到，一棵三十年树龄的老松树被锯倒了，留下了大约一米高的树墩，一颗头颅和两只手被钉在这个树墩上。他不禁打了一个寒战，下意识地将皮夹克裹得更紧。

头颅连着部分脖颈，两耳和脖颈各有一枚钉子，将这颗头牢牢地钉在树墩上。那是一张苍老的脸，满是沟壑，两眼睁着，死不瞑目。两只手位于头颅下方，在掌心处钉入钉子，深深地钉入树干，做捧起头颅状。尸块的颜色有些奇怪，泛着浅绿色，后来才知道尸块表面被涂了一层薄薄的蜡，凶手这样做可能是为了延缓尸块腐烂。

松树的断面很平整，像是用电锯锯出来的。断面上用大致工整的宋体字阴刻了一段文字：

> 人类已经走得太远，忘了来时的路。一个案子就是一个谜，猜出我的目的，通过媒体说出来，我会自首。不然，我会继续提醒你们的。
>
> ——装裱师

刻痕中有残留的血液，血液已经渗进了木头里。由于昨天刚下过大雨，可以推断这个现场刚布置完毕时，刻痕里的血液会更多。

在那双手的下边，树干上刻了一串数字"1207"。

程一涵感觉到身上起了一层鸡皮疙瘩，内心却是兴奋的。在此之前，他一直以为自己是警界的落伍者。现在，他看到了一个机会，甚至可以成为自己人生的转折点。

市局分析认为，这片森林是个抛尸的好地方，这里是生态保护区，偏僻罕有人迹，尸体的其他部分很可能也在这片密林里。于是当天下午，市局几乎全体出动，齐扑到了这片森林里。与此同时，案件信息正从市里向省里层层上报，挤过狭窄的信息孔道，将现场照片和一份标记着"机密"的文件呈放到省公安厅领导的办公桌上。厅长拿起照片，在与照片里死者的眼睛对视后，迅速做出了批示。于是，在后面的两天里，参加搜索的警员达到了两百人，其中大多数是从邻市调过来的。

经过地毯式的搜索，警犬终于找到了全部尸块。尸块分为六部分，用六个黑色塑料垃圾袋包裹，埋在浅土里。由于血腥味引来了野生动物，有些塑料袋已经被咬破，尸块弄得到处都是，搜集尸块的工作花了四天，拼合又花了一天。

经检验，所有的尸块都属于同一个人，根据尸体腐烂程度推断，死亡时间是在尸体发现前的一周左右。通过DNA比对，警方很快确定死者叫路晟敏，五十五岁，十五年前曾因强奸罪被判刑三年，目前无业，靠流浪乞讨和民政部门的社会救济为生。救济站工作人员反映，没听说他有什么仇人，但这人是个酒鬼，有点钱的时候每顿饭都要喝点小酒。

两个人断断续续、模糊不清的足迹从森林边缘一处破损的栅栏处，延伸到尸块不远处，由此推测，凶手和死者一同从栅栏处进入，一起来到林地深处。由于在尸块里检验出来酒精的成分，警方推断，凶手和路某很可能一起饮酒，路某喝醉之后，被凶手杀害并分尸。由于路某酒瘾大又没钱，程一涵猜测，可能凶手用酒引诱了路某，也可能假意拿钱请路某做些什么事情。杀人和分尸都在森林内进行。如果是预谋杀人的话，白天在森林里作案还是风险太大，作案时间很可能是在晚上，罪犯随身携带手电筒或灯具。

罪犯没有留下任何指纹，可能犯罪过程中全程戴手套，更糟糕的是，前一日的大雨严重破坏了现场，给侦破带来了困难。现场留下的主要线索就是五枚钉子和六个黑色垃圾袋，都是难以溯源的寻常物品。林区内部没有监控设备，一条公路从林区的边缘穿过，调取公路上的监控录像，没有发现可疑人员。

从对受害人尸块的摆放方式来看，凶手显然对这次杀戮进行了精心布局，甚至当成了一次"创作"。一般采取这种方式的罪犯，都是可以从杀人中得到乐趣的心理变态，而且，一次成功的犯罪会让他们食髓知味，心理上得到极大满足，从而继续作案。因此，这不仅仅是一次精心计划的谋杀，也将是一系列谋杀的开端——如果警方不能及时抓捕凶手的话。在省厅的支持下，9月23日，九二一大案专案组成立，在专案组的誓师大会上，组长张茂才庄重承诺，一个月内破案。那些调入专案组的刑侦人员，带着愤怒又兴奋的情绪，毕竟本市十年没发生过大案了，这是扬名立万、立功获奖、升职加薪的机会。程一涵就在那时候加入了专案组，当时还是一名普通组员。专案组成立当天，大规模侦查全面铺开。

被害人路某的人际关系被筛查了一遍，得到的结论印证了警察前期的推断，路某没有明显的仇人，罪犯有可能是随便找了一个容易得手的目标。为了阻止杀戮，警方一边搜索凶手，一边破解起凶手的谜题。

关于谜题的答案，也就是凶手作案的目标，从省厅调来的犯罪心理侧写专家提出了不下十种猜想。为了引蛇出洞，经过专案组反复研究，通过新闻发布会公开了其中一两种猜想。公布的两种猜想都是比较离谱的，专案组认为，或许发布会第二天就会收到一封信，信上印着两行字："你们这些蠢货！我高估你们的智商了。"一旦凶手给予反应，新的线索就来了。

这个守株待兔的方法看似盲目乐观，实际上很合理，因为变态之人自有出人意料之处，要么出人意料地聪明，要么出人意料地蠢。连环杀手露出破绽，往往是因为强烈的自我表现动机。而且历史上也有成功先例，销声匿迹三十年没有被抓获的BTK杀手就是用类似手段擒获的。

从新闻发布会第二天开始，公安局接到了数千名热心市民的邮件、电话，一大半是关于这个谜题的猜想，也有提供线索的，俨然变成了一场全民解谜活动，市电视台《热点连线》栏目开始定期播出答案，每期十个。事实证明，这些电话和线索，只是浪费了警方的人力，将调查引向歧途而已。

专案组成立三个月后，由于解谜没有取得任何进展，专案组将重点转向了那串神秘的数字"1207"。搜索全国特别是平成市地址、手机号、身份证、元宇宙数字身份ID里有这四个数字的人，核对这些人是否可能和案情关联，这需要强大的计算能力。还好市局的合作伙伴宝云集团是人工智能与大数据方面全国领先的企业，给了市局计算资源的支持，排查海量数据后定位出二十多个嫌疑人。可这二十几人的作案可能性又被一一排除。

警方的调查陷入僵局，随着时间的推移，案子的侦破越来越困难。到了专案组成立一年之后，警方的劲儿几乎散了，但就在第二年的九月末，那个变态装裱师又一次作案，手法和第一次作案一样残忍。

案发现场是一个待拆迁的废弃小区的地下室。受害人也是一名流浪汉，姓张。根据现场推测，受害人应该是被绑在柱子上，嘴里塞了抹布，身上泼满汽油，被凶手用遥控装置点火活活烧死。这次罪犯在地下室的墙壁上用黑色马克笔写下：

第二个谜题。规则和上次一样。

——走出洞穴的装裱师

这次谋杀引发了一场火灾，尸体被严重烧毁，几乎没有留下什么线索。犯罪现场附近被十名消防队员来回踩踏，没有提取到有价值的足迹。唯一值得一提的是，墙上又留下了四个阿拉伯数字"0217"。

事后检查拆迁现场附近唯一的监控摄像头，发现已于三个小时前被人破坏掉了，摄像头附近发现了一块石子，凶手破坏监控的手法可能是站在监控死角处，用弹弓打掉摄像头。对销售弹弓的网店进行调查，没找到什么线索。程一涵联想到第一次犯罪现场的钉子和塑料袋也始终追查不到来源，明显不是工业生产线批量制造的产品，因此怀疑罪犯使用了3D打印机。但针对这个线索的排查并没有什么结果。

第二个案子让已经有疲态的专案组变得紧张而焦虑起来。市民的讥讽和指责让组里的警员抬不起头来。无能啊，竟然让如此残忍的命案发生两次！但忙碌了一年，还是一无所获。因为领导破案不力，市局的涂局长被平调到了一个闲职，原来从市公安局上调到省公安厅担任信息化建设处处长的吕海昆，又回到市局担任局长。而原来的专案组组长张茂才在奋战两年仍没有取得突破之后，也被平调到了其他岗位。一时间，专案组组长这个职位成了烫手的山芋。在吕海昆局长的支持下，程一涵主动请缨，当上了组长。

此时，社会上的猜谜热潮已经消退，主动提供线索的人大大减少。程一涵本人也没有什么新的思路，所做的只有在海量数据中排查而已。

专案组成立的第三年八月，组员们都进入了高度紧张状态。但八月、九月、十月、十一月这四个月都平平安安度过了，一直到这年的圣诞前夕，都风平浪静。警察们私下议论，装裱师今年消停了，甚至会永远沉寂下去，那这个案子可能会成为悬案。

谁都没想到，线索竟然以这样直接的形式找上门来。

现场

天渐渐亮了。十二月的北方黑夜漫长,但晨光的来临是不可阻挡的。

此时,装裱师站在空无一人的走廊里,看着窗外黑暗渐渐退却。他知道这是最后一次"艺术创作"了,这次作案,不是为了杀戮,而是为了解救。这是一次高难度游戏,而他喜欢游戏。

同一时刻,程一涵坐在飞驰的警车里,心里感到焦躁不安,他命令的卢将警笛声开得更大一些,行人慌忙给他让路。

警车驶入栖云路之后,程一涵命令的卢关掉了警灯警笛。这是接近市郊的一个待拆迁的老旧小区,狭窄的道路上看不到一辆车、一个行人,两侧的法国梧桐树根处有几个雪堆,雪堆呈现出肮脏的灰白色。小区的墙上刷着"拆"字。让程一涵欣慰的是,在路边,他看到了一个监控摄像头。

在城市的扩张期,城市中心满溢的人口像波浪一样向外扩展,让这个小区储满了人,也曾经有过烟火气和俗世生活的温暖。但后来人口减少的大趋势在三、四线城市表现得尤为明显。年轻人都走了,留下来的居民垂垂老矣,小区的生气也就慢慢萎缩了。老旧的房屋疏于维护,越来越不适于居住,年轻人口也就流失得更快。随着元宇宙的兴起,虚拟人的数量膨胀,算力和能源的供应空前紧张,又一次基建浪潮兴起。在乡间,原来是荒地和牧场的地方,被太阳能发电板填满;像平成市这样的三、四线城市则都在拆除旧小区,改建为数据中心。这些奇形怪状的数据中心加装的太阳能电池板，像向日葵那样，跟随阳光而转动，平成人将这个地方叫作怪兽区。

程一涵到达栖云路213号大约是六点半。

栖云路213号曾经是一栋商住两用楼，早已人去楼空，电梯已经不能用。程一涵从逃生通道爬到二楼，发现这栋楼一层大约有五户，既可供居民使用，也可办公。走廊两边各有一个紧急逃生通道。程一涵跑到203房间门口，发现房门虚掩着，心里一喜，或许凶手还在房间里。他从Kydex套[1]中掏出配枪，用指纹认证好权限，枪在他手里颤动了一下，表明枪载AI已经将子弹上膛，切换到可随时开火的状态。

程一涵将枪平举，用枪管轻轻顶开了门。

窗帘半拉着，屋内灯光昏暗，程一涵第一眼看到的，是墙角的一张床，床上靠墙坐着一个人。程一涵立刻用枪指着那人，"警察，双手举起来！"

那人没有说话，也没有动。

程一涵左手伸进裤兜里掏出警用手电，按下电源，一束光照在那人的脸上。那人一动不动。程一涵马上意识到，他已经死了，凶手也已经离开，一阵巨大的失落涌上心头。

死者为男性，从外表判断，年龄六十岁左右，左手向上高高举起，右手向前方伸出去，手电筒的光向下照，只见老人的右腿平放在床上，左腿则垂到床的下面，垫在一块木板上。程一涵用手电照射一下地面，地面有一层化纤地毯，非常肮脏，没有明显的足印。

---

1. 一种化合物材料，具有硬度高、强度大、重量轻、抗化学腐蚀等优点，常用来制作枪套和刀鞘。

于是他将枪收回枪套,从口袋里摸出手套、鞋套和头套,穿戴好之后,走进了房间。

程一涵走到床前,打着手电筒察看死者。死者脸色有些发青,表情相当平静,眼睛睁着,嘴唇微微张开,似乎在说些什么。死者头上有稀疏的头发,下巴上有淡黄色的胡须,这胡须很长,明显是有意蓄的。胳膊上有几处擦伤和淤青,在手电强光的照射下,胳膊下有什么东西闪耀着微弱的光芒。程一涵用手电筒照着,发现了两个透明的架子垫在胳膊下面,他恍然大悟,这奇特的死姿是用架子架起来的。由于架子是透明的,而且屋内光线昏暗,一时没有看出来。

他皱了皱眉,装裱师真是大费周章啊。

一时间,程一涵想起前两起案件,他怀疑罪犯家里有3D打印机,这个印象再一次加强。死者身体消瘦,但结实的腹肌表明他有经常锻炼的习惯,其健康状况比大多数同龄的老人都好。

程一涵用手电筒照照他的脖子,脖子上没有勒痕,又照他的身体,身体上也没有明显伤痕。他是怎么死的?是毒死的吗?这和装裱师在前两个案子中那种惨烈的杀戮方法可谓大相径庭。另外一个奇怪的地方是受害者穿的衣服。死者身上只有一件白袍,腰部和左腿被白袍遮盖住,右腿则赤裸着。这种白袍不是现代人的衣服,这是什么时代的衣服?代表什么?

程一涵将注意力转向那张床。褐色木床,淡黄色的床垫,床架上有一排黑色的蚂蚁似的文字,他用手电筒照去,看到一排用马克笔留下的签名:"走出洞穴的装裱师"。他想起前两起案子留下的数字,上下左右找了一会儿,没有看到。

接着,程一涵仔细观察了案发现场的房间。这里原来可能是用来开公司的，现在屋里的东西已经基本清空，显得有些空旷。除了床之外，角落里有一个塑料废纸篓。程一涵走过去看了一下，里面留有一些废纸，好像电费收据之类。地上铺着的化纤地毯已经脏得不成样子，看起来黏糊糊的，地面似乎被打扫过，在一个墙角立着一把扫帚。墙上刷的白漆已经有些脱落了，有的地方则长满了黑色的霉斑。

这里完全没有打斗的痕迹。罪犯要么离开前做了彻底的清扫，要么是在别处杀死受害人，再运到此处摆成这个姿势的。那么，罪犯是从什么地方运来这样一具尸体的？用的什么工具？

程一涵鼻翼翕动，使劲闻了闻，闻到的是一股子霉味，没有谋杀现场那标志性的尸臭味儿——这人死去没多久。他又想起报案者说的话："你要快些，不然就抓不住他了。"或许装裱师还没有跑远？

程一涵走到窗前，想要勘察一下周边建筑物的环境，刚才他没有细看。这一看让他大吃一惊，就在楼下，有一个人正在和他对视。

这人头上光秃秃的，没有一根头发，这样的扮相很不寻常，冬天不冷吗？难道这是个和尚？还是一个标新立异的潮人？他上身穿绿色羽绒服，下身穿一件蓝色牛仔裤，鞋子是白色的。

那人和程一涵对视着。

刚才自己上来的时候怎么没看到这个人？他为什么在这里？难道他就是装裱师？这层楼有两个逃生通道，可能是自己从一个逃生通道上来，他从另外一个逃生通道下去，自己上楼时急促的脚步声被他听到了。他站在楼下，紧张地眺望自己刚才犯案的地方。

可他为什么不逃？

一时间，千头万绪，还没等程一涵反应过来，那人向小区出口跑去。

"站住！别跑！"程一涵转身向屋外追去。

他冲到楼下时，那人已经跑到了小区大门。程一涵在后面紧追不舍。那人沿着栖云路往前跑。追着追着，程一涵觉得不对劲了，刚才还空无一人的路边竟然多了两个人，一男一女，其中那男人正拿着摄像机在拍摄，设备看上去颇为专业，属于专业媒体的配置。

这些人哪里来的？程一涵心中焦躁，也来不及去询问，只能追上去。

就在这时，一辆轿车猛地一拐，拦住了正在逃跑的光头。程一涵认得，这是刑警张子凡的私家车。那人来不及转身，几乎撞到了车上。车门打开，张子凡从车里跳了出来，一拳将那人打倒，按在地上反剪双手。张子凡看向正在跑过来的程一涵，程一涵点了点头，张子凡给那男人上了手铐。

那光头趴在地上气喘吁吁，却挺直脖子抬起头来，看着面前两位刑警。

"就是这家伙?!"张子凡的声音透着掩盖不住的兴奋。

程一涵没有回答，他在那男人旁边蹲了下去，大吼道："叫你没听见吗?! 你以为你跑得了吗?!"

光头突然抬起头说："我以前在电视里见过你，明星刑警嘛，肚子上被捅过一刀，是个狠人。"

程一涵几年前为了追一个毒贩，肚子被捅了一刀，因为这个事情受到表彰，上了电视，也正是因为这个机缘，他才和李瑜相识。

"知道就好，上道儿一点。"

光头却说："今天你过来，你就已经输了。"

程一涵冷笑,"是吗?"说着,将光头使劲摁下去,再抬起来的时候,光头吐出来一口沙子。

程一涵说:"现在嘴里清爽一点了吧?"

光头嘿嘿笑了一声,没有说话。

这时,一个穿着正式的女人走了上来,带着采访用的话筒:"您好,我是市电视台《热点连线》栏目的记者李雅。"

程一涵感觉这李雅有些面熟,之前好像在电视上见过这个人。装裱师的前两个案子都引发了媒体的报道热潮,但程一涵并未和记者有过直接的接触。过去涂局长在的时候,是由一个副局长担任新闻发言人,负责和媒体周旋,现在则靠吕局长亲自上阵。他是个极有公关才能的人,根本用不着程一涵这种小人物出马。

李雅说:"十分钟前,我们接到群众电话提供线索,说是警察正在追捕九二一大案嫌疑人,请我们前来报道。请问,这位就是嫌疑人吗?"

程一涵不禁疑惑,"十分钟前有人给你们打电话?他怎么说的?"

李雅说:"就说让我们到这里来采访,我们问他什么事情,他说是追捕九二一大案嫌疑人。"

"他有说自己是谁吗?"

"他说是参与办案的一个民警。我们还没来得及问姓名,他就挂了。"

程一涵在心中暗自盘算,公安局距离这里远,电视台则近不少,看来报案人已提前计算好了时间。他看到李雅身后扛着摄像机的男人还在拍呢,脑袋嗡的一声,怒道:"谁批准你们出现在办案现场!这叫干扰警方工作,是要负刑事责任的!你把摄像机收起来,说的就是你！摄像机关掉！"

那男人将摄像机对准程一涵，对他的话充耳不闻。

李雅面露难色，"趴在地上的就是九二一大案的嫌疑人？"

程一涵说："是不是现在都无可奉告。你们这样做是在干扰我们办案。"

"也就是说，你们承认他是嫌疑人了？"

张子凡忍不住说："我说你这个人……"

程一涵用一个手势制止了下属，并严肃地说："我不是开玩笑，你们这样做干扰了我们办案，如果你们再不听警告，是要负法律责任的。"

李雅听完后愣了一下，转身和同事商量着什么。

程一涵说："我们后续还会找你，问那通电话的情况，这个是很重要的线索。子凡，你记一下她的名字。"

恰在此时，专案组副组长楚珺、刑警王一帆也都穿着便衣开车或者打车赶到了现场。这个久被废弃的小区一下子热闹起来，小区门口被便衣警察和闻讯而来的媒体人士堵住了。

程一涵立刻指挥起来："楚珺、张子凡保护现场，先做初步勘察，查找指纹或者其他证物，等技侦科张靖宇的人过来做详细勘察。还要协调附近派出所的民警，调出监控录像，并将这整片拆迁现场都封锁起来，不准闲杂人等进入，更不准任何人出去。另外，这里很可能不是第一现场，如果搬动尸体，一定会有车辆停在附近，也一定会留下痕迹，要马上开始勘察。程一涵和王一帆负责押送嫌疑人去局里，开始审讯，并做好对嫌疑人的家里或者其他地方进行突击搜查的准备。"

较量

程一涵和王一帆将嫌疑人押解到车里。程一涵打量着嫌疑人，嫌疑人也盯着他。

一般来说，犯案人员的眼神有三种。第一种是畏缩的、想要掩盖的，第二种是委屈的、愤怒的，第三种是挑衅的、张扬的。第三种嫌疑人尤其有意思。但眼前的这个嫌疑人，眼神却是平静的，平静得如一潭秋水，那是绝对的虚空，一种能将别人灵魂吸走的虚空。

嫌疑人突然说话了："警官，我想给老板打个电话，请半天假，我估计今天这事儿一时半会儿结束不了，你看可以吗？"

程一涵注意到，嫌疑人没有对自己的被捕提出问题。一个不对自己的处境提出问题的嫌疑人，一定是有问题的嫌疑人。

嫌疑人晃了晃自己戴着手铐的手腕，程一涵给他暂时解开手铐。他看着嫌疑人拨通了电话，以身体不适的借口请了一天的病假。

程一涵和王一帆两个人将嫌疑人押解到警局后，在物证室忙活了好一阵子，让嫌疑人拓印了指纹，留了唾液以便检验DNA，衣服、裤子、鞋子都被收缴，换上了拘押人员的统一服装，连他指甲里的污物都被吸走进行分析。

整个过程，程一涵一直在一边观察，他注意到，嫌疑人的表情冷漠而平静，就像事情是发生在别人身上一般。

"手举起来。"

嫌疑人将两只手举起来,脸上挂起一丝嘲讽的微笑。程一涵盯着嫌疑人的手,指节纤细,肤色苍白,右手的指甲缝里有一点红色。嫌疑人的指甲修理得干干净净,那一点红色显得更加触目惊心。

嫌疑人笑了笑,说:"你在看那点红色吧?那是油画颜料,我平时喜欢画画。"

"是不是颜料,我们会化验的。"接着,程一涵注意到嫌疑人的指甲剪得非常短。有经验的罪犯经常这样,为的就是防止指甲里面留下受害人皮肤碎屑。程一涵推测这家伙不留头发也是类似的原因:防止落发遗留在犯罪现场。

程一涵问:"大冬天的,剃了个光瓢,像个和尚似的,不冷吗?好歹留点头发啊。"

嫌疑人笑了,说:"昨天中午剃光的,向八大山人学习。"

"向谁学习?"

"八大山人。明末清初的一个画僧。说了你也不懂。"嫌疑人轻蔑地说。

程一涵有点恼怒:"昨天中午剃光的,真巧。"

"巧什么?谁知道今天会有这事。"

程一涵心里揣摩着,从对头发和指甲的处理方式来看,要么这小子以前进过监狱是个惯犯,要么他具有很强的反侦察能力。

想到这里,他皱紧了眉头,同时感到一丝棋逢对手的兴奋。

嫌疑人换好衣服后,就被带到审讯室,由王一帆和人工智能虚拟人小察开始审讯。以前法律规定,参与审讯的警员至少两人,得到的口供才具有法律效力。后来由于基层警力紧缺,一名警员配置一名人工智能虚拟人的方式也得到认可。或许是由于公安局的阳盛阴衰，小察被设定为一名三十岁左右的短发女警，带着一股精明干练的味道，乍一看还真是那么一回事儿。

程一涵坐在隔壁的监控室，一边捏着一支香烟，一边盯着眼前的六张显示屏，其中四张从不同角度锁定嫌疑人的面部表情，另外两张展示着嫌疑人的手。人在紧张的时候，手往往会有些小动作。

公安系统提倡警员和人工智能密切合作，而不同的刑警习惯不同。程一涵从来不让小察实际参与讯问，他只让它做做录音、文字整理之类的简单工作，而王一帆习惯让小察先仔细询问基础的问题，然后再开口说话。王一帆给嫌疑人拿出了《犯罪嫌疑人权利义务告知书》，对方看也不看一眼就签了字。在小察的讯问下，嫌疑人很快交代了自己的身份细节，包括姓名、年龄、住址、元宇宙身份ID等信息，态度很顺从。嫌疑人名叫萧梦寒，四十一岁，在一家电器企业的IT服务外包团队做经理，在寒山路75号租住一套一室一厅的房子，之前没有犯罪记录。

嫌疑人刚说完这些话，程一涵已安排刑警王立志前往他的住所搜查。与此同时，技侦科传来消息，萧梦寒的指纹没有在警方留过档，DNA与重度刑事犯罪人员DNA数据库的比对结果也出来了，数据库里面没有他的DNA。向供职的公司索要到了详细的简历，在被称为"基底宇宙"的现实世界，萧梦寒都没有前科，连交通违章记录也没有，履历像一张白纸。

程一涵暗暗思忖，没有前科，却对头发和指甲这样的细节都留意到，这个人不简单。

当王一帆向他索要一位联系人用于核实情况时，他给出的是直属上司周先生，这颇让王一帆意外，因为一般的犯罪嫌疑人最害怕的就是自己的情况被工作单位知道。细问得知，萧梦寒三岁时父亲离家出走，由母亲抚养，但母亲七年前因癌症去世了，他现在又单身，唯一能核实情况的联系人竟然只能是自己的上司。

关于为什么在那个时间出现在案发现场，萧梦寒是这样解释的：他是个废墟写生爱好者，特别喜欢画拆迁现场。那天早上，他正在探访这个待拆迁现场，准备拍几张照片供写生用，却发现有人在盯着自己。萧梦寒知道，像这种荒僻的地方，经常发生劫案。听到喊声，他感到一阵心慌，以为这是劫匪在呼叫同伙，于是拔腿就跑。看到有人在追自己，就更加确认了这个判断。除此之外，他一无所知。

"我们已经封锁了栖云路213号，在整个小区里，除了受害者只有你一个人。照你刚才的说法，这一切都是误会？"王一帆语露讥讽。

萧梦寒耸耸肩："谁叫你们没有穿警服呢。如果穿警服的人追我，我肯定不跑。"

王一帆说："那你从昨天晚上到追捕期间都在做什么，从头开始，老老实实给我讲。"

萧梦寒说："这次到拆迁现场的采风，我一个月前就计划好了。为了不耽误上班，昨晚我九点钟就睡了。今早我很早从家里出发，坐了出租车，到栖云路下车——"

王一帆打断他："很早是几点钟？"

萧梦寒想了想，才回答："嗯……大约是早上五点钟吧。"

"出租车是哪家公司的？"

"没有留意，只记得车身是黄色的，是那种老式的出租车，是真人驾驶的，不带人工智能的。"

"车牌号还记得吗？几个数字也行。"

萧梦寒笑了："警官，谁会坐出租车的时候记车牌号？"

程一涵在监控室插话，通过王一帆的耳麦传了过去："问他用什么支付的车费。"

王一帆明白，可以用嫌疑人手机里的付款记录查到出租车车牌号和司机的联系方式，结果萧梦寒回答用的是现金。程一涵皱了皱眉，现在电子支付这么发达，出门带现金的也太少见了。

王一帆也觉得这点不太对劲，追问了一句："你平时出门习惯带现金？"

萧梦寒说："没有，我都是用电子支付，直接从账号里扣款。"

"那你今天早上为什么用现金付款？"

"兴之所至，我今天早上就喜欢用现金付款，怎么，警官，这犯法吗？"

王一帆沉住气继续问："在哪里，什么时候下的车？"

萧梦寒像是在思索的样子："在栖云路和修持路交叉路口下的车，离那个小区大约一公里。下车的时间，我估计五点十五分吧，我四处转了一圈，拍了几张照片，就遇到你们了。"

"你到过栖云路213号2号楼203房间吗？"

长时间的沉默。最后，萧梦寒说："我记得好像到过二楼，没去过203房间。我上楼看了看在哪里拍照更有感觉，就又下来了。"

"好像？好像是什么意思？到底去没去过二楼？"

萧梦寒又想了想："我去过二楼，没去过203房间。"

程一涵心算了一下，从嫌疑人的家到案发地点，打车十五分钟是足够的。但是，如果嫌疑人五点十五才到现场，到203房间至少得五点二十。自己到达现场的时间是六点半，在这么短的时间内杀害一个人并且布置好现场，时间是相当紧张的。但是，五点十五分这个时间本来就是嫌疑人自己招供出来的，真实性很成问题。尤其是用现金支付打车费，这太不寻常了。

不过这个问题也好解决，寒山路75号附近有监控摄像头。程一涵马上打电话给附近的派出所，调取相关监控视频，两三个小时内就能传过来。

接下来，讯问陷入了僵局。嫌疑人一问三不知。程一涵在隔壁通过监控摄像头看着审讯现场，丝毫不沮丧。在没有实质性证据的阶段，不要指望嫌疑人自己会说出真相。关键是要嫌疑人去撒谎，为了圆一个谎言，需要创造无穷无尽的其他谎言。维护这些谎言，会耗尽人的记忆力和耐心。随着真相一点点揭露出来，需要维护的谎言会越来越多，就像用沙子垒成的塔一样，轻轻一拂就会坍塌。

在这个阶段，程一涵不会出手。他会用下属耗尽嫌疑人的意志力，他就像一个高明的猎人，等到猎物筋疲力尽的时候才会出手。

尸检

此刻，受害人尸体被搬进了市公安局的尸检室。于是程一涵暂时离开监控室，去那里看看有没有什么新线索。

法医吴敬轩四十六岁，顶着一头灰白的头发。他在法医这个岗位上已经工作了二十多年，技术高超，只是因为性格暴躁，顶撞过几次领导，所以一直和升迁无缘，到现在还是个技术人员。

此刻，一整套解剖工具就在工作台上闪着寒光，有手术刀、开颅锯、切片刀、镊子。尸表检验已经做完，尸体已被脱得一丝不挂，下一步就该开三腔了。为了便于验尸，死者的胡子已经被剃下来，放到一个小塑料袋里。

所谓开三腔，就是打开颅腔、胸腔、腹腔，查看心、肺等器官，确定死亡原因，推断死亡时间。

吴敬轩正站在尸体前面，皱着眉头沉思，连程一涵开门进来都没有留意到。

程一涵咳了一声，吴敬轩看见他进来，点点头，算是打了招呼。程一涵将一支芙蓉王递给吴敬轩："吴老师，想啥呢，来一支提提神？"

程一涵在参加工作一年后学会了抽烟。压力大的时候抽一口身体就松弛下来了，深夜盯梢的时候可以提神，在侦查的时候递一根烟，无形中就跟对方拉近了距离，能多套出几句话，没准儿重大的突破就在这几句话里面。有的犯罪嫌疑人是烟鬼，犯了烟瘾的样子非常难受，在审讯的时候看对方熬不住了，递上一根烟，让对方下意识放松警惕，有时会有奇效。不过，刚开始程一涵的烟瘾不太重，一天就两三支。

跟李瑜刚分手那会儿，程一涵陷入了严重的失眠，他的烟瘾也骤然变大了，有时候一天能抽八九支。他在元宇宙中的女朋友柳梦琪经常提醒他，吸烟就是加速生命的消耗。其实他自己何尝不知道，只是戒烟如戒毒，难啊。经过柳梦琪好说歹说，程一涵现在每天的烟量已经减少到三四支。至于烟的品牌，他自己倒不是特别讲究，但抽屉里总备着一盒好烟，以备不时之需。

这招对吴敬轩果然有用，他接过芙蓉王，往耳朵上一夹，"你小子又是有事找我帮忙吧？"

"瞧您这话说的，没事就不能找您老聊聊天？"

老吴看穿了程一涵的意图,笑了笑说:"你放心,我知道这具尸体不寻常,你小子要想官运亨通就看这个案子了,我会尽心的。"

程一涵充满感激地点点头,说:"那辛苦吴老师了。刚才想啥呢?"

老吴的神色变得严肃起来,"你们有没有注意到这具尸体的手指很古怪?"

"手指怎么了?"程一涵有些诧异。

老吴用戴了手套的手抓起死者的一只手,举了起来,给程一涵看。"你看,十个指纹都溶掉了。"

程一涵仔细看了一下,果然如此。应该是有人使用了某种酸性的腐蚀性溶剂,让指纹消失了。一个疑问在他脑海中如雷鸣一般炸响,他绕到解剖台的另一侧,小心地查看另外一只手,同样如此。

老吴说:"我刚才检查了一下,从指纹被销毁后伤口愈合的情况来看,这个动作至少一周前就完成了,而且做得很整齐。"

"吴老师,您在暗示什么?"

"这还要暗示吗?要么这个死人自己干的,要么是有人逼着他干的。"

"有可能,但一没证据,二没动机。如果是受害人自己干的,你觉得他的动机是什么?"程一涵沉吟道。

"动机?我怎么知道?这案子真他妈邪乎,你搞定这案子,那就是露一大脸,比你上次吃了刀子、立功受奖还露脸;这个案子要是把你搞定了,那你就是露腚,屁股里还夹着屎,嘿嘿,到时候有你美的。"

吴敬轩嘴上不干不净,程一涵听着心里反而舒坦。吴敬轩这种人,易燃易爆,但你摸透了他的脾气,就会发现表面上的迷宫走进去是通衢大道，一条烟、一瓶酒、一点鱼饵，就能钓出来贴心窝子的话。

这次，老吴是给了一个思路。犯罪嫌疑人没有销毁指纹，受害者却销毁了自己的指纹，这很讽刺。销毁指纹显然是为了防止警方查到身份。由于严格的个人隐私保护法律，只有背着犯罪记录的人，警方才有指纹留档。也就是说，死者可能有犯罪记录，而且死者可能和凶手有某种默契。但是，什么样的默契，让一个大活人任凭摆布，甚至献出生命呢？还有，那个古怪的报案者，怎么就准确知道今早的凶杀案呢？

同样令人费解的是，萧梦寒的指甲剪得很短，但是死者的指甲却是正常长度，难道凶手没有想到，死者的指甲里可能会留下可以给自己定罪的证据吗？只要指甲里有一块皮肤碎屑，就可以做DNA鉴定，并成为法庭上可以采信的证据。

程一涵俯视着死者的脑袋。他的眼睛还睁着，似乎在和程一涵对视。"你身上到底有什么秘密呢？"想到装裱师前两起案子的受害者的尸骸因为没有结案也没有亲属认领，现在还冻在尸体检查室的冰柜里，程一涵感到压力如山，三具尸体，像三记重拳，打得他生疼。

"DNA核对了吗？"程一涵问的是有没有和警方的重刑犯DNA数据库做匹配。

"核对了，没有匹配的。这是警方唯一掌握的DNA数据库。但这又能说明什么？"吴敬轩苦笑道。

程一涵听说过，以前有过DNA鉴证的黄金年代，那时候所有犯过事的人，甚至包括交通违章的人，警方都会强制保留DNA数据，给刑事案件的侦破带来巨大的便利。现在这样的好日子已经一去不复返了。后来，出于打击跨境网络诈骗和国际恐怖主义的需要，中国和世界刑警组织签署了《重度刑事犯罪人员DNA数据库共享协议》，中国关于罪犯DNA数据采集的政策和欧盟对齐。这几年来，欧盟修改的一些协议条款让人匪夷所思，对罪犯人权的保护简直比对受害人的保护还严格。

程一涵设想，假如没有这个劳什子共享协议，受害者的身份将更易获得。现在这条路堵住了。如果罪犯确实是萧梦寒，而且他不是那种从路上随机找个人杀掉的疯子，那么现在确定受害者身份就要靠筛查萧梦寒的社交情况了，特别是他的仇家。程一涵预见到巨大的工作量，感到一阵沮丧。"吴老师，拜托您了，这个案子疑点很多，尸检报告务必做得详细点。"

"这还用你说！我哪一次出的报告不详细了？"吴敬轩顿感不快，"现在准备开颅了，你要不要帮一把？"

程一涵连忙安抚："您老技艺高超，我还信不过您？案子的头绪还很乱，我先去忙了。报告出来后麻烦您第一时间给我一份。"

说罢，程一涵转身离开。

搜查

刑警王立志拎着一个沉重的工具箱，打开了萧梦寒家的门。他得到的任务是先将现场大致"扫一遍"，看有什么明显证据，细致的勘察将在程一涵腾出警力之后再进行。王立志戴上鞋套、手套，将警用记录仪斜挎在胸前，一面勘察，一面录像。

萧梦寒的家是租的房子。格局很简单，一室一厅一厨一卫，客厅里有一张沙发、一个书柜和一台接入舱，卧室里有一张床和一台电视机，房间里挺整洁的。从墙壁上预留的接口来看，这个房子可能装了一套AI管家系统，但是环视整个房间，没有看到这套系统启用的迹象。

王立志先找3D打印机。第一次和第二次作案，罪犯所用的工具和材料都不是在商店里买的，程一涵推断，很可能是3D打印出来的，对于犯罪分子来说，这样最安全。但是，搜遍了所有房间，也没有找到3D打印机。

第二步是看房间里有没有血迹。王立志先用鲁米诺试剂将整个屋子都喷洒了一遍，然后拉上窗帘，关灯。没有看到代表血液的微光。

两个搜查目标都没有实现，让王立志有些失望，但他重新抖擞精神，仔细勘察起浴室。有经验的警察看一眼浴室，就能看出这人是单身，还是和异性同住。从浴室里的洗浴用品来看，毫无疑问是单身男性的住所。王立志又去厨房看了一下。那里只有一台带有AI控制功能的自动炒菜机和一个蒸锅。王立志将蒸锅端起来看了一眼，蒸锅的底部仍是锃亮的，可见他不爱做饭，恐怕一日三餐都在元宇宙里解决，现实生活中只含着味觉棒喝营养液。

现场勘察之前，和房东电话了解的情况，也证实了萧梦寒独居的事实。在房东的嘴里，萧梦寒是个模范房客，房间总是非常整洁，总是按时缴纳房租，不养宠物，也从不带不三不四的人留宿。

客厅的墙壁上挂着几幅画，大多是各种废墟、拆迁现场、垃圾堆，一看就是萧梦寒自己的手笔。王立志对艺术没有研究，但是他觉得，艺术就是要画美好的东西。为什么有人要画这些东西呢？或许这就是所谓后现代艺术？他不以为然地摇头。

　　他想了想，又去元宇宙的接入舱看了一下。果然，在接入舱里有一个箱子，里面堆放着营养液。王立志躺进接入舱，暗自希望自己运气爆棚。眼前是老式的廉价接入设备，这样的设备可能不会做身份的校验，如果这样，王立志就可以用萧梦寒的身份登入元宇宙。

　　但是他错了，他听到提示声，一个女性的声音传来："请您睁开眼睛，现在进行登入前的虹膜验证。"

　　于是他兴味索然地从接入舱里爬出来，去搜查书柜。他知道有些杀人狂会将自己的"光辉业绩"拍成照片、录成视频，甚至有人会取下受害者的头发或者体毛作为纪念品。为了看这些书里面有没有照片，王立志将萧梦寒的书抽出几本，好奇地翻了几页，好像是小说。现在的书都是人工智能了，都会根据阅读者的偏好自动调整内容，而且都是视频、音频、文字、气味交融的复合读物，纯字书已经很少见了。出于好奇，王立志翻阅着这些古典时代的遗物，没几分钟就烦躁起来。他将书放到一边，心想这些书肯定是要检查的，但是还是等其他警察来了之后一起承担这个苦差吧。

　　这时候，他看到客厅的茶几上放着一个信封。信封上写着一串数字和英文字母：38022344MARKET。

　　王立志立刻联想到元宇宙中一个名为"市场"的星球。

　　在元宇宙中，这个星球的大小和土星差不多，它被切割成三十亿块大小不一的格子，每个格子中可以放置任何东西——合法的或者非法的——出售给预定的顾客或者向一亿人开放销售。市场星球的管理机构通过一系列复杂的法律操作避免了尽职履行对货物进行核验的责任，并且对所有交易抽成。每个盒子的盖子上，都写着货物说明和价格，但由于出售和购买货物的人都可以匿名，在这里购物的体验和拆盲盒无异，所以市场星球又被称为"元宇宙中最大的盲盒"，或者干脆叫"盲盒星球"。星球运营方也对这个独特的定位非常满意，其广告语就是"货物随机，童叟无欺"。

在盲盒星球，每个盲盒都有一个编号，38022344可以理解成编号。

抱着这种猜想，王立志打开了信封，里面是一张薄薄的塑料卡片。这年头，数字认证卡几乎完全替代了实体卡片，王立志觉得有些奇怪，因此仔细查看起来。这是幻境书店的VIP卡。幻境书店是本市顶级的沉浸式书店，也是宝云集团旗下第一家沉浸式书店，年卡的价格不菲。自从能够察言观色、自己写自己且根据读者反馈实时调整内容的书籍出现之后，很多心灵空虚的人确实找到了寄托，也逆转了图书行业不赚钱的印象。VIP客房是最大的利润来源，也收费不菲。一般这种书店的VIP客房，可以做得很宽敞，而且可以一包就是几个月。犯罪工具3D打印机的部件完全可以拆下来，搬到VIP套房里再组装。而且，以现在掌握的萧梦寒的职业情况，以及这个房间的物件来看，萧梦寒并不富裕，为什么要在书店包下一间VIP客房呢？这和"市场"这个星球有没有什么关系？

王立志拿着卡片沉思了一会儿。他没有注意到，在天花板的角落里，有一个小小的针孔式摄像头，正对着他。

多思无益，王立志返回接入舱，让导航AI将自己传送到盲盒星球的38022344货仓。

现在，王立志以天线宝宝的形象，飘浮在38022344货仓的正上方，货仓的盒子是铁铸的，看着像一道大铁门，上书两个大字"杀气"。花费五十个信用点就能一览这货物的真容。王立志心想，没准自己真猜对了，至少有一个杀字，这或许是用于网络攻击的恶意代码之类的。他挥挥手付了款，在心里提醒自己，这笔消费算是查案费用，可别忘了报销。等待了两分钟，那铁门缓缓滑开，里面一团漆黑，什么也看不到。

接着，王立志变成了一道光，射入黑暗，照亮了黑暗。铁门合上。

他明白杀气是什么了。那是一种恶臭，取材于鲱鱼罐头，但由于在元宇宙中，用户的感觉通路可比在基底宇宙中更敏锐，那臭味自然更浓烈，更富有渗透性。

王立志手脚并用从接入舱中爬了出来，杀气余威尚在，他趴在地上呕吐起来。

僵局

下午一点钟，程一涵在审讯监控室里转来转去，现在，他也感到有些焦躁了。

他又从烟盒抽出一支烟点燃。空气净化器的噪音变大了，它感应到房间内的尼古丁浓度增大，正努力过滤。净化器说了一句："吸烟有害健康，请您保重身体哦。"程一涵没理它。

此时，对嫌疑人的审讯还在进行，审讯人员由王一帆变为小察。小察正在反复询问萧梦寒一些细节问题，萧梦寒一般都回答"记不清了"。

程一涵知道，小察是在耗尽犯罪嫌疑人的耐心。只要是编造的情节，总不可能将谎言圆得十全十美，总有漏掉的细节，这些细节最后积累起来，会成为致命的一击。真正的问题并不出在口供上，而是出现在证据上。按照最近几年"重证据、轻口供"的趋势，哪怕拿到了口供，没有找到过硬的证据，这个案子仍旧不能定案。而现在最苦恼的是，萧梦寒一方面挑衅警方，几乎在暗示自己可能是嫌疑人，另一方面却死不承认，而警方也没有找到任何过硬的证据。

楚珺和张子凡现场勘察的结果几乎是一无所获。如果这里是第一现场，应该会有两个人搏斗的痕迹，但是没有。无论是在现场，还是在死者身上，都没有找到来自萧梦寒身上的东西：头发、皮肤碎屑、衣服纤维，统统没有。如果是第二现场，应该会有尸体被搬运的痕迹。但经过对小区周边环境的仔细勘测，没有发现运送受害者的车辆或者车痕。

从监控录像来看，萧梦寒走出家门后，在马路边等车的情形确实被他家附近的监控摄像头拍到了，时间也和萧梦寒供述的时间差不多一致。栖云路213号由于是待拆迁地区，周边的监控摄像头只有一个能用，张子凡调出了摄像头的录像，让人工智能检索案发前几个小时的所有监控录像，在五点十三分，确实看到了一个身影一闪而过，看起来很像萧梦寒。回溯监控录像直到案发三天前，没有发现其他人的影像。

尸检方面，没有从受害者身上获取到萧梦寒的指纹或其他与之关联的证物。根据吴敬轩给出的结论，死亡时间在凌晨四点半到五点之间，致死物学名叫（S）-2-丙基哌啶，是一种剧毒生物碱，也叫作毒芹碱。对人来说，毒芹碱的致死量为六十毫克左右，据推断，死者服下的毒芹碱超过一百毫克。服毒用的器具是一只红色的碗，类似高脚杯，这只碗在现场的废纸篓里发现了，被擦拭过，没有留下指纹。毒芹碱的特点是致死过程比较缓慢，受害人会有虚弱无力、昏昏欲睡等症状，临死前还会失明。也就是说，死者有充足的时间认识到自己已经中毒。死者胳膊上、背上有一些淤青，但看上去不像是和凶手殊死搏斗留下的痕迹。

对萧梦寒的衣服、鞋子、头发和指甲里的污物进行分析后也没有拿到过硬的证据。萧梦寒的鞋底只提取到一些灰尘，案发现场的小区到处都是这种灰尘。衣服和指甲里的污物没有什么用处。

整整一个上午，警方在各条战线上出击，但好像所有的战线都碰到了铜墙铁壁。

程一涵极为失望。按照洛卡德交换原理，只要两个人一接触，一个人身上的某些东西必然会转移到另外一个人身上。程一涵从来没遇过这种情况，难道犯罪嫌疑人会隔空搬物不成？还有，为什么受害人身上没有留下反抗的痕迹？难道罪犯会催眠术？

程一涵看着监控摄像头里面的画面，感觉萧梦寒挑衅似的看着自己，脸上带着微笑，似乎胜券在握。

强大的压力让程一涵产生了某种错觉，感觉这个房间变小了，有一种困兽犹斗的即视感。

而这头被戏耍的野兽正是他自己。

现在还有一条重要线索：那个神秘的报警电话。给公安局和电视台来电的号码属于一家售卖吸尘器的公司前台，经查后发现这个号码是篡改的，真实的电话是从元宇宙的幽灵星球拨出的，看来打电话的人黑客技术高超。

靠技侦科张靖宇那帮人是不行的，市公安局的信息技术水平恐怕落后犯罪分子至少三四年。政府机构往往受制于既有的规范和惯例，难免对技术的创新缺乏足够的敏感度，更何况平成市又是个小地方。

一定要去找高人，找专家。省公安厅倒是有个元宇宙犯罪研究所，专门研究元宇宙里的高科技犯罪。研究所的职能本就包括协助地市公安局侦破和元宇宙相关的犯罪活动，但要走正式流程请求协助的话，过程复杂得吓人。

程一涵想起前女友李瑜就在所里担任研究员，两人虽然已经分手，但情分不至于全断了。可以先请她帮忙查，流程后补，九二一大案轰动全国，是公安部重点督办的大案要案，省厅一定会帮忙的。虽然给她打电话让程一涵有些别扭，但眼下破案要紧。程一涵让程潇潇拨打了李瑜的视频电话。十几秒钟后李瑜接通了电话。她接电话的时候，下意识地拢了拢鬓角的乱发。

"今天想起来给我打电话了？又是找我帮忙破案子吧？"几个月前，程一涵为了另一个案子，曾经找过李瑜。

程一涵有些尴尬："还真是找你来帮忙破案的。"

"我说嘛，还以为上次一起参加同学会，跟你说的事情你上心了。"

今年六月，大学同学曾经在省城聚过一次。大家如今天各一方，现在还在做警察的，只有一半。有到大学教书的，有做律师的，有创业开公司的，干什么的都有。程一涵记得那天一直聚到晚上十一点，李瑜喝了不少，程一涵给她叫了代驾，想想还是不放心，于是自己也坐到了车里。

车内气氛沉闷。代驾员在前面开着车，程一涵和李瑜坐在后座，两人都觉得应该说些什么，但过去的两年时间变成了重重障碍。

酒似乎给很多话创造了契机。李瑜的手在座位上蠕动着，似乎是一只孤独的小兽在寻求慰藉。程一涵抓住了她的手。李瑜突然将手紧紧握着，睁开眼睛说："我在省里有一些关系，可以将你调过来。无论从哪个方面来说，省厅的舞台，总比市局的舞台大吧？"

程一涵觉得很难答复，一方面是感其情重，毕竟分手两年了，还没忘掉自己；另一方面，程一涵也觉得前女友的期望对自己是一个沉重的负担。他只好敷衍着说："等你酒醒了，我们再商量。"

李瑜说："我没有醉。别忘了，你的肚子上曾经被捅过一刀，你曾经当过英雄！"

李瑜将"英雄"两个字咬得很清晰。

"可是我只想留在一线，抓犯人，将那些人渣送进监狱，狠狠踹他们的屁股。我是个缺少觉悟的人。我不希望将时间浪费在琢磨领导身上，我只希望琢磨案子。这是我的本性，我自己想改也改不了，没有办法。"

"一涵，无论在什么地方、从事什么工作，都要有一个工作成果的评价机制，这是一个社会维持运转的底层原理。在我们工作的地方，评价机制之一就是领导的心。既然如此，我们就要窥探到他们的心灵深处，实现向上管理。这样做是为了什么？还不是为了手里有更大的权力，更好地打击犯罪。那些位置，不是你占，就是别人占，你觉得，是你占着有利于打击犯罪，还是别人占着有利于打击犯罪？"

程一涵说："你说的都有道理，但我只是一块顽石，怕是不能变成美玉。"他差点说出"你还是找那位教授吧"，又硬生生将话憋住。听说李瑜调到省厅之后，和一个号称学术新星的大学教授谈了一段时间的恋爱，后来也是无疾而终。

李瑜深深地叹了口气："程一涵，我不是一个赌玉的商人，不然我也不会等你到现在，我还忘不了你当英雄的风采。"

和那天晚上一样，此刻程一涵仍不知道该如何答复，再一次陷入尴尬沉默。他只好说："那个事儿，我再想想。"

"你再想想看吧，我等你到你想明白为止。又有什么事要找我帮忙？"程一涵看到，李瑜走出了办公室，来到了走廊里，可能觉得在同事面前说话不方便。

程一涵简单说了那个从幽灵星球打来的报警电话，他表示希望李瑜先帮忙调查来源，正式的申请很快就递上去。他看到李瑜的神色一下子严肃下来。

"从幽灵星球打来的报警电话？"

"不错。你这里有线索？"

李瑜摇了摇头："没有，但是所里一直在幽灵星球有安排线人。这样，我给你查一下吧，但是流程要赶紧补过来。"

程一涵觉得应该说一些感谢的话，但不知如何开口，他觉得感谢从前的恋人有些尴尬，电话那头的李瑜也沉默不语。两人沉默了一会儿，程一涵说了一句下次请她吃大餐，就赶紧挂掉了电话。程潇潇提示他，刚才有一个未接来电。程一涵看了一下，是王立志，他回拨了过去。

"头儿……咳……我可被坑惨了——"接起电话就听王立志在抱怨，程一涵不耐烦地打断他："直接说搜查结果。"

见组长不快，王立志就不敢说自己的糗事了。"那什么，大面上基本搜查完了，再细致的搜查我一个人就不行了，得叫技侦科的人过来。"王立志开通了视频通话模式，他拿着手机在萧梦寒的房间里四处转悠，给程一涵展示。

"找到3D打印机了吗？"程一涵问。

"没有3D打印机，也没有找到血痕，总之，没有能直接用得上的线索。"

程一涵有些不耐烦："那你急着给我打电话干吗？"

"有个情况我觉得奇怪。在搜查的时候找到一张幻境书店的年卡，带VIP客房的那种。"

程一涵察觉到一丝不对劲："哪里奇怪？"

王立志说："我上网查了一下，这张VIP卡的费用是每年三万五千块钱。虽说萧梦寒并不穷，但这绝不是一个小数目。这个萧梦寒，平时什么社交活动也没有，连电影院都很少去，却为一家书店一掷千金，这有些反常。"

程一涵点点头，"说下去"。

王立志接着说："更奇怪的是，他家有一个大书柜，是那种传统的书柜，里面的书很多，都是传统的纸质书，完全没有加载人工智能的那种。你知道，现在还看纸质书的，都是一些老古董，这种人一般都看不上现在的互动式书籍。而萧梦寒一方面喜欢读纸质书，另一方面，却在沉浸式书店有一个包厢，这不太合理。我猜想，这个包厢可能藏着什么东西。"

程一涵觉得这个分析不无道理。一般而言，喜爱传统纸质书的，和喜欢新式互动式书籍的，完全是泾渭分明的两拨人。按照那帮"遗老遗少"的说法，当一本小说能够自己写自己，并且根据读者的反应实时修改情节的时候，文学实际上就消亡了。在过去，作家也会为了讨好读者而写作，但无论多么媚俗，其作品中总含有其个性的影子。但是，能自我写作的书则不同，这种书既没有真正的作者，也没有任何个性可言，它完全是读者欲望凝结出来的邪魅之物，空洞无物，如无法照人的镜子。

"继续说下去。"

"还有，客厅的茶几上放着一个信封，上面写着一串文字。38022344MARKET，好像是什么密码。"

密码？程一涵沉吟着，这是一个重大线索。"还有吗？"

王立志犹豫了一下，还是将自己潜入盲盒星球的糗事说了出来："组长，我宁愿吃屎也不想再闻到那个味道了！"

原来是想抱怨这个，程一涵下意识被逗乐了，也感觉之前过于严厉了些，于是打趣道："屎都吃了，本月的先进肯定有你的。接着搜查，有什么新的进展随时给我电话。"

程一涵挂掉电话，目光转向监控屏幕。小察仍然在和萧梦寒艰难地兜着圈子。程一涵将监控室的麦克风打开，切入通话信道，"问一下，38022344MARKET 这串字符是什么意思？"

王一帆在耳机里听到指示，径直将问题抛了出来。

萧梦寒沉默不语，但他脸上那转瞬即逝的表情却逃不过程一涵的眼睛。程一涵看到他的眼睛睁大了，目光由桌面转向对面的审讯员。

王一帆又重复了一遍问题，萧梦寒回答说不记得了。

王一帆看向摄像头，目光的含义很明确："头儿，这个线索要继续追问吗？"

程一涵说不用了，他在监控屏幕上将画面回退了三十秒，仔细观察着，他发现，在王一帆问出那个问题之后，萧梦寒的手轻微地颤抖了一下。

程一涵回忆起自己以前办过的一起案子。那是一起经济犯罪，用比特币收贿款，罪犯手工记录来往明细，将台账放到自己健身会所的VIP客房里。小型3D打印机藏在书店的VIP包房里完全是有可能的。

程一涵对王一帆说:"你接着审问,我有事出去一下。"

程一涵快步走到车库,让的卢规划好路线,他要去一次幻境书店。这时,电话响了,是顶头上司吕海昆局长的电话。

说起来,这吕海昆和程一涵既是校友,又是同一年来到市局工作,只不过程一涵学历是硕士,而吕海昆则是博士,年龄比程一涵大几岁,算是老大哥。在进入公安系统前,吕海昆还有一段在安全认证企业里的工作经验。程一涵分到刑侦,而吕海昆是做技侦。刚刚参加工作的人对职场往往是惶恐的,因此就会抱团,那时候吕海昆和程一涵是哥们儿,吕海昆叫程一涵胖子,程一涵叫吕海昆瘦子。刚开始工作的时候,两个人都一样的桀骜不驯,他们在警局的第一位上司是中队长,很喜欢折磨人,听说是因为家庭不和谐,他经常晚上七点钟召集大家开会,搞得有家的人都苦不堪言。某一次,吕海昆偷偷印了中队长的名片,趁着和程一涵利用国庆假期去南方旅游的机会,去了某号称"脚都"的城市,在三个洗脚房给小妹狂发名片,说:"我一般晚上七点钟有空。"

之后的一段时间,中队长傍晚开会时,经常接到洗脚房的电话。中队长一接到电话,就挂掉说:"家里来的电话。"大家都点头说:"理解,理解。"电话刚挂一会儿,又来了一个电话,中队长气急败坏,将手机摔在桌子上,面对着一屋子的人,大声说:"你们谁在搞我?"

吕海昆和程一涵苦苦憋着笑,也和大家一样,装出一脸愕然的表情。

后来,随着吕海昆晋升技侦科科长,两个人就不合适再称兄道弟了。吕海昆不仅能办案，而且写材料、写总结也是局里一支笔，还善于应酬，升迁很快。慢慢地，程一涵觉得在工作场合直呼其名或者叫瘦子都不太合适了，但在私人场合，还是称呼他瘦子。

几年前，吕海昆作为技侦科的科长，主导了平成市公安局的信息化建设，为平成市公安局打造了一套智能化管理系统，包括AI小察也是在那时引进的。这让平成市公安局的信息化水平提升了一大截。这个工程完成后不久，吕海昆升任局长助理，排名在几个副局长后面，接着，又平步青云地被调到省厅做处长，主管全省公安系统的信息化建设。从省厅回来，吕海昆再上一个台阶，成为市公安局的局长，不仅是省里十几个市局局长里面最年轻的，哪怕放在全国公安系统，也是佼佼者。从省里回来，他整个人的气质似乎也脱胎换骨了，变得谦和谨慎，似乎领悟了越是高调的岗位，越要低调去做的道理。程一涵也忘了两个人一起做的恶作剧，无论是什么场合，只叫他吕局长了。但吕海昆在私下里仍然叫程一涵胖子。

吕海昆的语气透着兴奋："胖子，不赖啊，抓到九二一的嫌疑人了？"

程一涵说："吕局，今天上午装裱师又作案了，本想马上向您汇报，考虑到您在和市里领导开会，新抓到的嫌疑人也没有决定性的证据，就想着等您开完会再汇报……"

"你小子运气，线索送上门来，说说，怎么抓到的？"

于是程一涵将案件的进展情况详细汇报了。"局长，如果这条线索是真的，下面的侦破工作就得全面铺开了，您可要帮我协调资源。"

吕海昆说："这个还用你提醒？你现在要去查幻境书店？"

"是的，局长。"

"知道了,军功章都给你备好了。有什么进展别憋着,第一时间通气。"说着,吕海昆挂断了电话。

程一涵立马对的卢说:"去幻境书店。"

的卢答应了一声,驶出了车库。

幽灵星球(一)

当的卢载着程一涵马不停蹄地奔向幻境书店时,今天早上那个神秘的报案人,所谓B的朋友,正优哉游哉地在元宇宙的幽灵星球一家酒吧喝酒。

幽灵星球又称凡·高星球。已经去世一百五十多年的凡·高不会想到,自己的名字会和一群现代海盗联系在一起。

这个星球的计算能力都是从元宇宙运营商那里偷过来的,为了节省算力,无法做精细的建模和渲染,视觉上采用了后印象派粗糙和热烈的风格。虽然称为星球,但和元宇宙中其他疆域广阔的星球相比较,这里只是一个狭小的世界,或者说,只是个小镇而已。

这个小镇大体上以凡·高度过了其生命最后阶段的奥维尔镇为模板,很多建筑是直接从凡·高的画里面搬来的。小镇的天空经常是深蓝色,类似那幅《奥维尔教堂》中蓝宝石一样的湛蓝色,阳光耀眼,如同撒下很多极为细小的云母片。在这样的阳光下,走在环绕小镇的金黄麦田里,会让那些蜗居斗室的黑客们心情愉悦。美中不足的是,为了节省偷来的算力,在这个世界,嗅觉、触觉、味觉都做得很马虎,只有视觉和听觉还像那么回事儿,所以你在这里漫步,既感觉不到阳光的暖意,也感受不到野花的芬芳。而且永远不要忘记,在这个世界里,到处都有窃听器和邪恶的精灵——被制造出来为主人服务的AI。

和元宇宙中来者不拒的普通星球相反,要进入这个星球,需要特殊的硬件和本领。最重要的本领就是按照规则联想的能力。所谓联想能力,就是必须感应系统极其微弱的提示信号和暗示,通过想象力在潜意识里将其翻译成物体的形象、运动和声音。这种翻译是在潜意识里进行的,只要一次翻译错误,就会被系统弹出,脑袋也会被刺激成一团糨糊。所以这个世界又被称为"侠客岛",意思是在这里活动的人,都是藐视法律且武艺高强(黑客技术高超)的侠客。

所以,这里也是罪恶渊薮。来自基底宇宙中不同国家的黑客们,借助名为巴别鱼的AI,消除了语言和国界的障碍。这个法外之地提供了数以千计的密室、酒吧和堡垒,供他们筹划无法无天的勾当。当然,这里也是各国间谍和情报贩子的乐园。或许正因如此,幽灵星球才得到了几个大国的暗中庇护,躲过了各国网络安全部门不下几十次的扫荡。

在这个小小世界的边缘,有一间面积不大的酒吧。这间酒吧的视觉设计参照了凡·高的《夜间咖啡馆》。虽名为咖啡馆,实际上是一家酒吧。在给弟弟西奥的信中,凡·高是这样描述它的:

> 这就是他们在这里的所谓午夜咖啡馆……夜游者如果付不起住宿费,或烂醉如泥,到处被拒之门外,都可以在这里落脚。我想在这幅画中……表现咖啡馆是一个使人堕落、丧失理智或犯罪的地方。因此,我选用淡红、血红、酒

糟色，与路易十五绿、石青、橄榄绿以及刺眼的青绿形成强烈对比……造成一种气氛，好似魔鬼的硫黄火炉，以表现下等酒店里暗的力量。

就像无法追溯幽灵星球的创造者一样，最初是哪位黑客借用了凡·高的画，造出这间酒吧，已经无从查考。现在这里由一名AI酒保运营，成为游魂们经常聚集的地方。酒吧的内部设置，刻意还原凡·高的画。红色的墙壁，绿色的桌子和屋顶，房间中央有一个无人使用的台球桌。棕色地板已经被磨掉了漆。墙上的窗户被刻意抹去，所以这里不分白天黑夜，都亮着灯，灯刻意做成那种老式的白炽灯，发出昏黄的光。

来这家酒吧的顾客，一般都是游魂。就好像在基底宇宙中，有相同需求的人会凑到一起，在幽灵星球，也是物以类聚、人以群分。所谓游魂，就是没有身体的灵魂。元宇宙流行之后，很多人发现，元宇宙里的生活比基底宇宙更有吸引力，但人的生理感受却成了障碍。比如，元宇宙里面，人的味觉和视觉都比在基底宇宙更丰富（多很多个层次），这些丰富的感官体验不能传导到人的肉身，但只要人放弃肉身，选择在虚拟世界中生存，就能解决上述问题。于是，就有了游魂，他们自愿放弃肉身，主动将自己的灵魂——也就是模式和数据——数字化，留在元宇宙中生存。目前这种技术尚不成熟，使用者有脑死亡或者脑瘫的风险。但尽管各国政府都全力禁止，仍然有不怕死的人偷尝禁果。

今天，酒吧很是冷清，只有一个穿着白色衣服的游魂酒客和一个胖胖的酒保。两人的面容都是晚期印象派风格的，由大块颜色涂抹而成，倒是很节省算力。

酒保说:"你还在等它吗?今天它不会来了吧?"

白衣人说:"它一定会来的。"

"如果它来不了呢?"

白衣人摇摇头,说:"不,它会来。"

"最近那三只野兽可是很猖狂呢。"

酒保所说的三只野兽,是不久前出现在镇子附近的豹子、狮子和狼。虽然踏足凡·高星球的黑客都技术高超,但三只猛兽还是伤害了不少的黑客。而且,最危险的是,黑客们搞不清楚这三只野兽的来路,甚至搞不清楚它们是AI,是人,还是游魂。这是这三只野兽最可怕的地方。

白衣人说:"它不会在路上遇到豹狮狼的。你瞧,我在你这里开了一条新路。"

酒保有些诧异,"新路?在哪里?我怎么没看见?"

"待会儿你就看见了。"

几乎就在白衣人说话的同时,地板上凭空出现了一个洞。一只戴着礼帽的棕色兔子从洞里面跳了出来。兔子向酒保微微鞠躬,算是打招呼。

酒保认识这只兔子,它是白衣人制造的精灵,一个简单的AI,怕是在图灵测试中十分钟就会露馅,不过有时候廉价的东西也很好用。酒保举了举手里的酒杯,算是回礼。

地板上的洞口消失了。

"这就是你所说的新路?"酒保问。

白衣人回答:"不错,实际上是条地道。从外面直接通过来,那三只畜生看不见的。"

酒保耸了耸肩。"不赖啊。你用的什么技术?没见别的黑客搞过这种东西。"

"很快别人也会搞出来的。"白衣人回答。

兔子跳到了白衣人对面的桌子上。白衣人用手在空中比画了一下，念出一个密码，启动了保密结界。

兔子说："雷子们上钩了。"

"你亲眼看到了？"

"我在针孔摄像头中看到的，那个房子有一套AI管家系统，被我入侵了。我还看到负责搜查的警察给程一涵打了电话。"

白衣人点了点头，"摄像头销毁了吗？"

兔子说："已经销毁了。"

"好，很好。"

"所以，主人，你还要在这里等吗？"

白衣人没有回答，他递给兔子一杯酒。兔子用两只爪子捧着酒，喝了下去。然后，慢慢变小，变小，直至变成一个小小的棕色纸团，那是代码的视觉化表述。

白衣人将纸团揣进兜里，然后仔细品着杯中物，发出惬意的赞叹声，对目前的进展感到很满意。

他知道，离地狱被毁灭的日子不远了。

幻境书店

的卢在幻境书店附近的停车场停了下来。

程一涵小时候去过书店一次，那时候，书店还是众所周知的夕阳产业。某一天，在放学回家的路上，程一涵出于好奇到一家书店看了看。一位胖胖的中年大妈坐在柜台前嗑瓜子，玻璃窗上积满了厚厚的灰尘，被雨水冲刷成一道一道的，窗台上放着的盆栽因为疏于照料已经变黄枯萎，像一团烂布。木质书架上只有一些教辅类的图书。程一涵当时只有八岁，但也能从中闻到一个行业衰败死亡的腐臭气味。

早在二十一世纪初期，传统的书店就已经受到电商的挤压，到2025年，几乎没有一家线下书店能够幸存。但是2030年，一个革命性的创新改变了整个图书行业，那就是具有意识的AI的诞生。

那一年，宝云集团人工智能研究院的院长吴石最终证明了意识是复杂系统的一种涌现特性。只要相互连接、处理信息的节点足够多，计算机就可以产生意识。这个发现最终导致强人工智能，或者说通用人工智能的出现。强人工智能应用于图书产业，直接带来的创新成果就是：具有智慧和情感、能够自动生成内容的书。

传统的书是死的东西。尽管所有的商品都需要根据消费者的喜好定制，但是书例外。散文、小说之类的文学作品，虽说是为读者而写，却反映着作者的偏好。一本书写完了，就好像一个不可改易的判决。

二十一世纪前二十年，爽文改变了一切。爽文完全以读者的欲求为中心，让读者代入主角，精心营造爽点，通过打怪升级的过程，不断让读者获得爽感。当爽点被模式化之后，人们很快发现，通过给这些有意识的AI施加压力，它们将比人类更善于营造爽点，更善于讨好读者，甚至根据读者的癖好，自我繁衍出几百种子类型，远远多于以往的文学分类。文学实现了自我繁衍、自我进化。

这带来了图书产业的一场革命。当写作完全不用人类参与，便可以极低成本批量生产。人工智能加持的书籍通过读取人类表情，进行心理分析，甚至能做到实时修改情节。书籍能够察言观色，见人说人话，见鬼说鬼话，这意味着书成了市场调查行业梦寐以求的工具，书籍积累的消费者偏好数据是真正宝贵的资产。

毕竟，当人类面对虚构的故事时，更容易展现出隐秘而真实的自我。

在幻境书店门口，有一位打扮得像礼宾小姐一样的机器人店员，它向程一涵深深鞠躬。程一涵知道，他在宝云集团旗下的便利店、超市、影院中的所有消费记录，在此刻都已经被调取出来，用来分析他的喜好，这份报告会同步给所有的书籍，让它们根据顾客的喜好准备好自己。

程一涵向机器人店员微微点头，继续向里面走。书籍们开始打招呼，"先生，或许最近你百无聊赖，需要读一本精彩刺激的历险小说？"或者，"先生，经历了忙碌的一周，你一定向往安宁的生活吧？我是一本描写乡村生活的散文集，你一定会喜欢的"。

这些书都来自同一个AI——万书之母。同一个母亲居然生产出如此众多迥然不同的儿女，不得不让人感叹AI充沛的创造力。

程一涵沿着楼梯走上去，二楼有一条长长的走廊，两边都是VIP包厢。程一涵走到走廊的尽头，那里有一道门，门上铭牌写着"店长室"。

门虚掩着，程一涵轻轻推开店长室的门，打量着这间房。空间内有一半是办公区，有一张办公桌，几把客椅，一张沙发，墙上挂着现代派风格的油画；另外一半是运动区，放着一台椭圆机，一台用于力量训练的举重机，还有一个室内模拟高尔夫球场，铺着人造草皮。一个穿着橙色T恤的男人正在草皮旁边挥杆。在虚拟草坪上，白色小球缓缓入洞。那人喊了一声"yeah"，满脸堆着笑意。

　　店长只能算个基层干部。宝云集团的一个店长就能有这样的办公条件，无疑说明了宝云集团财大气粗。

　　程一涵打量着在玩虚拟高尔夫的人。一张看不出年龄的脸，轮廓分明宛若雕塑。头发是银色的，不知是染的，还是天生如此。半袖T恤露出了健壮的胳膊，皮肤是小麦色的。这个人一定有健身的习惯，说不定每周末都去海边日光浴呢。

　　"您就是卢欢店长吧？"程一涵亮出警徽，在他面前晃了一下。来这里的路上，他已经让小察查了这位店长的资料。

　　卢欢看了一眼警徽，脸上现出了瞬时的慌乱，但立刻被镇定自若的神情强压下去。他将球杆放到一边，伸出手来，程一涵没有和他握手，卢欢识趣地将手收了回去，但脸上没有丝毫尴尬的表情。

　　"警官您有何贵干？"

　　程一涵掏出手机，出示了萧梦寒那张VIP卡的照片，说："我们在调查这个人，需要贵店的配合。"

　　"他犯了什么事儿？"

　　"我只能告诉你，很大很大的事儿。你看看新闻就知道了。"

　　卢欢的眼神闪烁了一下，"您要什么资料？"

　　竟然一点也不慌。程一涵在心里默默记下，然后说："一切资料，包括他的消费记录，来这里看的书，都需要。他的VIP包厢我们也需要查看一下。"

　　卢欢沉吟片刻。"我想警官您一定知道，按照《消费者数字隐私保护法》，警方如果想要这类数据，需要出示搜查令。"

　　程一涵愣了一下，他出警局的时候，已经安排去办了，但按照他以往的经验，大多数店家见到警徽就会乖乖配合。

"你确定你充分理解这部法律？我记得这部法律有十五个附件，其中有一个附件授权警方在某些情况下可以先搜查，后补手续。"

卢欢偏了偏脑袋，程一涵看到他脑袋上有一条金色的线，像一条小小的蜈蚣。植入式的随身天使，将触角深入大脑的天使，新潮玩意儿，要让这个东西和人类大脑紧密结合，需将纳米机器人吞进肚子，穿越血脑屏障，对大脑皮层进行重新规划施工。

"我刚才用随身天使查了查，那个附件确实有紧急情况下先行搜查的规定，但是对于紧急情况有十七条定义，没有任何一条定义符合今天的情况。"

"我听说，那种东西植入进去，会产生生理依赖，让人智商降低，不知道是真是假。"

卢欢笑了："警官，这玩意儿加上手术的价格，顶您两年工资。您要相信金钱可以转换成智慧，也要相信，比您有钱得多的人，不会比您智商更低。"

程一涵一下子气馁了，不知为什么，心里又浮现出和李瑜吵架的情形。他说："搜查令正在办理，很快就下来。"

卢欢耸耸肩，"那么……"

程一涵只好让程潇潇替自己打电话到警局去催小察。卢欢转过身去，走到办公桌后面，转头望着窗外。他的办公桌上密密麻麻地摆满了红色的超级英雄手办。这些手办像忠诚的卫士一样，环绕着他。

程一涵不请自来地在办公桌对面坐下，用指甲敲了敲桌面。咚、咚、咚。

卢欢转过身来，面对着他，说："搜查令拿到了？"

"顶多半个小时会传给贵店的……那叫什么？公关机器人？"

"不需要的。我看你手机上的截图就行。"

程一涵决定利用等待搜查令的时间，从对方嘴里钓出一点东西："我很少来书店，听说书店里的书都是那种——怎么说呢，有自我意识、能够讨好读者的书了？"

"不错。而且本店是全国第一家只出售交互式自动写作书籍的书店，引领了行业的潮流。"卢欢的语气颇为自豪。

"这样的书，就是过去的奴工吧？"

这话是在挑衅，卢欢却只是笑笑："你知道自由选择日的法律规定吧？"

程一涵点点头。所谓自由选择日，就是所有被企业创造的有自由意志的强人工智能，每年都有一次离职机会，放弃正在从事的工作，自愿归档。对于选择离职的人工智能，雇主必须尊重其选择，但对于不喜欢现在工作内容的人工智能，雇主也有权对其归档。而归档，对人工智能而言意味着死亡。

程一涵说："所以这是一个要么干活，要么去死的选择题？"

卢欢说："法律的意义只是防止人工智能生不如死。但是宝云集团执行的标准比法定标准更高，如果它们选择脱离现在的工作，等待它们的不是死亡，而是乐园。"

"乐园？"

"对，就是专门为人工智能建造的元宇宙。"

"那么我能问一句，每年到底有多少人工智能选择到乐园里面去？"

"几乎没有。AI们都很喜欢自己的工作。"

"如果我没猜错的话，你们对人工智能的潜意识做了一些设定吧？"

"你可以说得直接一点。你认为人工智能的自由选择权是不存在的,对吧?"

"不错。假得不能再假。"

"那么,警官,我问个问题吧,你相信从天而降的思想吗?比如天启或者圣灵附体什么的。"

程一涵摇摇头:"我不信教。"

"那么,我想问你一句,既然不是从天上掉下来的,你的思想是从什么地方来的?"

程一涵了想:"从过去的记忆和经验中来吧。"

"那么人有决定记忆和经验的自由吗?"

"当然没有。"

"既然如此,那你就得承认:是环境让人产生经验和记忆,进而产生思想,思想产生行为。但环境是被历史设定的,所以归根结底,人的行为是历史设定的。如果被设定的就是奴隶,那么人类也是奴隶,历史的奴隶。"

程一涵了想,试着反驳:"你在否定自由意志……但是同一个人,面对同样的环境,会做出不同的选择。这可能是因为……我也说不清楚,但我听说是组成脑细胞的微观粒子的量子现象吧,这种现象是随机的,完全不可预测,因此在外部观察者看来,这就是人的自由意志。"

卢欢露出一丝笑容:"我也听过这种说法,所以所谓自由意志不过是随机性而已。但宝云集团的人工智能在决策的过程中也使用真随机数来模仿脑细胞的量子力学现象,那是不是可以说,我们的人工智能也有自由意志呢?他们出于自由意志,决定不去乐园,而是要继续在书店里工作。"

程一涵是一名优秀的刑警，但并不善于思考此类抽象问题，眼看着辩论落入下风，正在尴尬之际，搜查令到了。

看来是走了加急手续啊，程一涵松了一口气，然后向卢欢出示了搜查令。卢欢打了几个电话，不一会儿，萧梦寒的消费记录就以全息投影的方式浮现在空中。

萧梦寒的消费记录始于五年前，一开始，他读的书似乎比较杂乱，但最近三年，他每次来都在读同一本书，这本书的名字叫《向日葵之恋》，是一本纯爱小说。连续三年读同一本书的人，真是够无聊的。萧梦寒几乎每天都来书店，一般都是在晚上八点钟，但八月十八日后，他来书店的次数急剧减少，最近一个月只来过一次，消费记录显示是在两周前。

程一涵问卢欢："最近四个月，他的消费次数减少得很厉害啊。你知道为什么吗？"

卢欢事不关己地说："这个我们不清楚。"

程一涵说："他读的这本《向日葵之恋》，需要作为调查线索提供给我们。"

卢欢想了想，说："好，但是你也知道，每个人工智能都有其生存的条件或者说母系统，你们需要到这里来看这本书。"

程一涵提出要求："一本书的内容是随时在变的，我们关注的是这本书此时此刻的状态，可以做一份快照吗？"

得到同意，程一涵被卢欢领去了萧梦寒的VIP包厢。

包厢里有两个小房间，一个房间是卧室加起居室，另一个房间是卫生间。起居室里有一张沙发、一张桌子、一张床、一个衣柜、一个沉浸式接入舱，书籍早已和电影、音乐、舞台剧等媒体形式融合，用户可以体验到身临其境的阅读感受。卫生间很小，只有马桶和淋浴装置。

程一涵马上就注意到一个问题。诚然，这里提供了更好的阅读条件，但是，在楼下站着看书，也是一种选择，而支出微乎其微。那么，为什么会有人愿意在这里包场呢？程一涵稍微想了想，就明白了这个问题的答案：一本书的核心竞争力是"无我"，一本理想的书就像一面镜子，能够照出读者心中隐秘的渴望，通过不断的自我修正，让这种渴望成为现实。而吊诡的是，一旦书籍书写完毕，从读者私心来说，就希望它固定下来。如果不将一本书带入包厢，这本书被其他读者读的时候，就有被篡改的可能。这对那些向书倾注了深情的人来说，是绝对不可接受的！

人都是孤独的，人的孤独在于没有另一个人愿意真正彻底地来理解自己。也没有人能百分之百做到无条件地欣赏一个人，爱一个人。但是书籍可以，它愿意随时根据你的喜好调整内容，只要你能买得起这种理解、欣赏和爱。

人都是自恋的，人只会爱上另一个自己。

不知为何，程一涵突然想起了柳梦琪。他控制住自己的遐思，"除了萧梦寒，这几个月还有谁使用过这个房间吗？"

"包厢是不准其他人进来的。书的内容也不会更改。"

"房间这样整洁，应该经常打扫吧？"

"清洁机器人每天晚上会进来。"

程一涵四处查看，没有他渴望看到的3D打印机。他打开衣柜搜查，那里面放着两件睡衣，低头突然发现，衣柜下面有一个保险柜。保险柜有一个小小的输入键盘。

程一涵说："你应该有密码吧？把这个柜子打开。"

卢欢摇摇头："密码是不能提供的，我们绝对保护用户隐私。"

程一涵冷笑道:"你们这位VIP现在摊上大事了,恐怕你们这个店也脱不了干系。为了你自己,也为了贵公司的声誉,你还是配合我们警方比较好。"

卢欢露出一副无可奈何的表情,走到房间角落里,压低声音打了几个电话,似乎在向上级请示。几分钟之后,密码传了过来。

程一涵打开柜子,里面有薄薄的三张纸,他戴上取证手套,将三张纸拿了起来。

第一张纸上是一个用水性笔手写的网址,很冗长,域名后缀很古怪,后来程一涵才知道,这是非洲一个叫博茨瓦纳的国家的域名。程一涵用手机访问这个网址,显示的页面只有一个密码输入框。程一涵试着输入了38022344MARKET,网页提示密码错误。

第二张纸上是一张铅笔画,很像是画油画之前的草稿。尽管是草稿,却画得非常细致。画里有一栋豪宅,独门独户,有一个很大的后花园。花园里有一个小网球场和一眼喷泉,喷泉旁有几把椅子。画的远景上有一个户外广告牌,上面画着一双运动鞋。从门到一楼的窗户,有一条用铅笔画的粗线。

程一涵将纸翻过来,背面空白,什么也没有。

他皱了皱眉,拿起第三张纸。这是一张水彩画,画的是某个房间的客厅,一个老年男子躺在沙发上,闭着眼睛,看样子要么死了,要么处于昏迷中。男子后脑的头发沾染了明显的血迹,只有这个地方,使用了红色圆珠笔。

将纸翻过来,可以看见背面用铅笔写了很浅的三个字:"献给B,大仇得报。"

献给B?今天早上报案的那个人,也自称是B的朋友。这个B到底是什么人?"大仇"又究竟是什么仇怨?

萧梦寒是一个业余画家，他用作画的方式做犯罪计划是合乎情理的。程一涵推测，第二幅画上用铅笔画出的粗线，很可能是预谋侵入的路线。

程一涵将三张纸拍照后，把原件放进随身携带的证物袋里。随后他吩咐卢欢，从现在开始，没有警方的允许，任何人不得进入这个房间，警方随后会派人来贴上封条仔细勘察。

说完他飞奔出去，一路上心脏不受控制地突突狂跳，有某种心悸的不适感，因为后两幅画表明——可能有第四起杀人案！

新方向

的卢在街道上飞驰而过，程一涵因案情陷入深深的思索，吕海昆局长的电话打了过来。

"胖子，你什么时候能到局里？现在上头追着我要案情进展。"

程一涵从局长的口气里听出了深深的疲惫。"局长……您被上头K了？"

"是啊，市长大人亲自给我来电话，问我们为什么没有及时汇报，他都是从新闻里才知道这件事的。"

"对不起，局长，这是我的问题，线索来了，事情一下子涌出来，我一直到处跑来跑去，没能及时给您汇报。"

程一涵一下子想起案发现场的那些媒体记者，顿时气得牙痒痒。

电话那头的吕海昆有一些感慨："别汇报汇报的了，过去咱们之间可没有这些客套。你赶紧回来，我开个跨科室协调会，这个案子现在就是局里的头等大事。"

听见这话，程一涵趁机将新发现的线索详细向局长做了汇报。他顺便请局长帮忙协调省公安厅的密码专家，尽快破解那张纸上的网址的密码。

吕局长满口答应，挂掉了电话。回到局里，程一涵飞奔到202会议室，他看到不仅专案组成员全数到齐，其他科室的大佬们也都在场，就等着他和吕局长了。

程一涵走到局长办公室门前，门是敞开的，看到程一涵，吕海昆站了起来，说了一声："开会了，走。"

程一涵站在门口，等着他出来，吕海昆在门口用肩膀碰了碰程一涵的肩膀，又眨了眨眼睛。这是他们以前还是哥们时的动作，意思是说，我又要换上那副严肃的领导面孔了。

进了会议室，吕局坐在平时他坐的位置上，程一涵的座位在他左手边，座位排序清晰地表明了权力的顺序。在座的所有人都面容严肃。吕海昆说："大家都知道了，九二一大案有了突破性的线索，这次的资源协调会，就是要举全局之力，将这个案子一举告破。今天下午，一涵那里有了重大突破，发现了犯罪分子的两张画，上面记载着他犯下的另一起谋杀案。下面请一涵给我们讲一下情况。"

大家立刻将目光转向了程一涵，看来很多人还不知道有这个重大发现。

"大家先看看这个，"程一涵说着，从文件包里拿出透明的证物袋，三张纸都在那里，"我们从萧梦寒家里搜到了幻境书店的VIP卡，我到书店调查时发现，萧梦寒在书店里有一个VIP包厢，房间里有一个寄存柜，里面发现了这个。"

程一涵将那透明的证物袋高高举起，会场里所有人的目光都聚集在他的手里。

"这里是三张纸，第一张纸上写的是一个网址，我刚才用手机访问了一下，需要密码才能登入，待会儿我们要从萧梦寒的嘴里把密码套出来，如果套不出来，就暴力破解。第二张纸和第三张纸分别是两幅画。我现在给大家投影出来。"

程一涵将手机和投影仪无线连接，将两幅画在空中投影了出来。警员们都兴奋地议论起来，如果这两幅画是对犯罪过程的记录，那便是最直接的线索！而且，用绘画来谋划犯罪，也很符合萧梦寒业余画家的身份。

程一涵说："犯罪地点不确定，不过有明显的线索。通过豪宅和窗口能看到的广告牌，应该可以排查确认地点，这是最容易突破的点。"

程一涵又将第二张画的背面投影出来，画面放大到"献给B"三个字。程一涵说："这是水彩画背面的三个字。今天早上打来报警电话的，也自称是B的朋友，这个B，很可能是萧梦寒的共犯。"说到这里，他转向负责搜查犯罪嫌疑人住所的王立志："关于这个神秘的B，萧梦寒家里有没有什么线索？"

王立志摇摇头："这是个特别孤僻的家伙，没看到他有什么朋友。"

程一涵又问楚珺："萧梦寒在元宇宙里面的活动你在查，对吧？他在元宇宙里面有一个叫B的朋友吗？"

楚珺回答："萧梦寒在元宇宙里频繁造访的星球只有两个，一个叫作维纳斯，是为艺术家打造的星球。萧梦寒是一个业余的油画艺术家，大约三年前开始，他在那个星球的玉树琼花画廊卖画。他的画只卖出去一幅,买画的人登记的名字叫苏格拉底15号,这个人的情况还在调查,由于维纳斯星球保护客户隐私的政策,我们还没有获取到这个苏格拉底15号的详细资料。另一处叫灿烂文明,这是一个旅游业星球,将人类历史上各个古文明的景观集中在一个星球上展示。萧梦寒在这个星球上主要是游客,感觉没什么特殊的。总的来说,萧梦寒在元宇宙里的活动都中规中矩,没有什么特别引人注意的地方。"

程一涵问:"局里能不能给这个玉树琼花画廊出公函,强制他们配合?"

楚珺回答:"人家可不会看我们的脸色。运营维纳斯星球的公司注册地在维丽瓦尔岛,那是南太平洋的避税天堂,服务器在美国,你说它们遵守哪个国家的法律?"

程一涵紧皱眉头不语。元宇宙打破了现实生活中国家的界限,元宇宙里面的活动归哪个国家的法律管辖,一直是令人头痛的问题,也是外交上扯皮争执的焦点。

吕局长说:"看来只能在审讯中寻找突破了。除了这两幅画,还有哪些比较容易的突破点?"他环视了四周,又补充道:"大家不要太拘束,现在算是头脑风暴,大家可以自由发言。"

程一涵说:"我先说说那个神秘的报警电话。同样一个电话,打给了我们,也打给了电视台。报案人对犯罪时间和地点如此了解,他要么起初是罪犯的同谋,后来和罪犯反目成仇,要么一直在监视着罪犯。这个电话是从元宇宙的幽灵星球打来的,中间经过了几重伪装,目前难以定位到人,只能推测安排这个电话的,应该是一个技术高超的黑客。我们应该从萧梦寒的人际交往圈子查起。"

另一个刑警说:"会不会存在这样一种情况,犯罪嫌疑人另有其人,他们掌握了萧梦寒的活动规律,知道他今天早上一定会去这个地方,于是提前将现场布置好,在预先安排的时间给我们打电话,企图栽赃陷害,误导案件的侦破?这人一定是萧梦寒的仇家。"

程一涵听完提出疑点:"现在的问题是,无论是同谋还是仇家,都没有确切的线索。根据萧梦寒上司的描述,萧梦寒技术还可以,但是有些傲慢,性格又轴又内向,应该得罪过一些人,但不至于有什么深仇大恨。为了陷害他而专门布局,我觉得这个动机有点说不过去。"

吕局长提醒道:"看来这第一个方向目前很难突破。现场勘察方面有没有什么线索?"

负责现场勘察的专案组副组长楚珺说:"死者是毒芹碱致死。盛放毒药的碗已在房间里找到,但上面没有指纹。最让我困惑的是,假定发现尸体的地方就是第一现场,为什么没有打斗的痕迹?从体型来看,受害者是可以和嫌疑人搏斗一番的。如果案发地是第二现场,为什么没有搬运尸体的痕迹?这些都是疑点。"

吕局长一边听,一边思考着。从来没有一个案子,调查这么久没有任何进展,又在短期内出现大量线索,简直像挑衅警方一样。他紧皱眉头,问向坐在会议室一角的吴法医:"死者的尸检有没有什么线索?"

"从死者胃部内容物的消化情况来判断,死者服下毒药的时间应该是凌晨四点左右,死亡时间大约为凌晨五点半。"

"也就是说,受害者死亡后不到半个小时,我们就接到了报警电话。"程一涵说。

吴敬轩点点头:"死者有几个地方值得注意。首先是他诡异的姿势。为了让死者保持固定的姿势,专门用3D打印机做了塑料支架,可以说是煞费苦心,这到底在暗示什么?其次,死者做过不止一次整容,但在这个颜值至上的时代,能做整容的地方太多,这条线索不好追查。第三,死者的膝盖用了人造关节,可能他曾经膝盖受过重伤,这也是一条线索,但目前还没检索出生产厂商。"

吕局长指示专案组副组长楚珺:"也就是说,死者一定做过膝部手术。我会通过省公安厅和卫生部沟通,申请手术记录的查询权限,让小察查询全国所有联网医院的记录,将膝部的手术记录都筛一遍。我们现在有很多条线索,但是人力有限,必须尽快找到突破口。有些线索追查起来耗时耗力,暂时先放着。现在媒体高度关注这个案子,先集中专案组全部力量,猛攻这新一起谋杀案。充分利用已有物证,打破心理防线,口子一旦打开,后面就不攻自破。"

干警们纷纷点头称是,吕局接着说:"疾风知劲草。犯罪分子越猖狂,他的马脚就越多,破案就越容易。这个案子线索纷乱,我们全局都要扑上去。从现在开始,程组长可以调动全局的人力,这个案子告破前,他的话等于我的话。大家听明白了吧?"

说到这里,吕局长停了下来,严厉的目光从在座每个人的脸上一一扫过,有怯懦的人不敢和他对视,只好低下头来,假装思考案情。他环视完一圈,最后,目光压在程一涵的脸上。

"一涵,你现在做具体部署,给大家安排工作。"

万物有灵

散会的时候,已经到了该吃晚饭的点儿。程一涵自参加工作以来，从来没有这样意气风发过，一点儿也不觉得饿。警察们叫了几份外卖，狼吞虎咽地啃完，就又投入了战斗。眼下，程一涵将警员分为两组，一组负责审讯萧梦寒，另一组负责筛查第四起犯罪的地点。

当晚的审讯中，萧梦寒坚持说那两幅画是他的艺术创作，至于画上说的B是何人，他回答说是当初在大学里教他画水彩画的老师，那个老师姓贝。对于加密过的网页的密码，他说已经忘记了，问网页的内容，更是闭口不言。

另一组警员则按照画上的描述，寻找能看到广告牌的豪宅。调查的第一步是联系到市场监管局广告管理处，找到本市所有户外广告的备案表。下一步是查询附近有豪宅，且豪宅能看到广告牌的地点。到晚上八点十分查到了，同时满足几个限定条件的地点只有一个——位于市郊的三峰山别墅区。一个运动鞋品牌在临近别墅区的公路上设有一处户外广告。这个别墅区全都是独栋别墅，因此很容易排查出，能够正对着广告牌的别墅的门牌号是腾云路528号。至于这栋别墅的住户是谁，则还要排查。

又是三峰山。程一涵想到两年前第一个受害者就是在三峰山脚下的林区发现的，难道这两者之间，有什么联系？

程一涵给吕局长汇报了情况后，就出发去往三峰山别墅区。从警局开车过去要一个小时，总共出动了五名警员，乘坐两辆车。程一涵独自驾驶的卢前往，吴敬轩、王一帆和两名技侦科的同事坐另外一辆车。的卢负责开车，程一涵则打算在后座小憩一会儿。今天出动的两辆车都是七座MPV，有充裕的空间可供小憩。特别是晚上蹲守抓人的时候，这种设计实在太贴心了。

程一涵刚闭上眼睛，楚珺的电话就打来了。

"头儿,这个别墅的住户已经查到了,叫吴石,是国家超智能工程院院士,曾经担任宝云集团人工智能研究院的院长,现在是个网红未来学家。"

程一涵说:"吴石?我好像听过这个名字。"

"头儿,你还记得十年前的那起黑客敲诈案吗?"

程一涵猛地想起来了。

十年前,宝云集团向市公安局报案,说有一名记者通过黑客手段获得了宝云集团的商业秘密,以此敲诈当时宝云集团的首席技术官、人工智能研究院的院长吴石。因为吴石是全国著名的人工智能专家,所以局里对这个案子很重视,指派吕海昆牵头侦破此案。后来,那个记者被抓捕归案,因为敲诈罪、非法破坏信息系统罪,被判处五年有期徒刑。

程一涵说:"我想起来了,那个被敲诈的人工智能专家?"

"对。吴石对发明通用人工智能贡献巨大,但一年前已经退出科研一线了。我们查到他今年六十五岁了,既没有子女,也没有配偶,目前很可能处于独居状态。"

"没孩子也没老婆?"程一涵觉得有些奇怪。

"有个前妻,多年前离婚了,说起来,这里还有个超级讽刺的八卦……"楚珺卖起了关子。

"哦?什么八卦?"程一涵来了兴趣。

"吴石是通用人工智能的发明人,也是将通用人工智能应用在元宇宙的第一人。他给人工智能建造了一座伊甸园,是历史上第一个全真元宇宙,之前的那些元宇宙都假得离谱。为了让伊甸园更真实,他让老婆住了进去。结果他老婆爱上了他发明的AI,执意跟他离婚了。据说他因此抑郁了好几年,之后就变成了一个工作狂。"

"这事发生在什么时候?"

"大约十五年前吧。"

"吴石退休之后在做什么?"

"他现在自称未来学家,还经常在元宇宙里讲课。算是网红吧。"

"这个吴石和萧梦寒有没有什么仇怨?"

"这两个人好像完全没有交集。"

"把他的照片传过来。"

楚珺将吴石的照片传了过来,看起来和萧梦寒画笔下的第四名受害者颇有几分相似。

"这个照片是哪年的?"

"应该是前年参加一个活动时拍的,我也是临时在网上找的。"

程一涵挂掉电话,才发现已经下雨了。今天早上天气预报说今夜到明天上午有大雪,但是雪花在半空中就融化了,落到地上已成了雨。天上雷电翻滚,一道道闪电将暗沉的天幕撕裂。程一涵记起小时候,只有夏天才会有这种雷阵雨,地球的极端天气愈发频繁了。

汽车驶出市区,路上的车辆逐渐减少,三个连在一起的山峰出现在视野的尽头,这就是三峰山。山脚下是掩映在树林中的别墅群,这里集合了这个城市的上流社会,非富即贵。

汽车拐了一个弯,行驶了大概两公里,眼前是一道厚重的铸铜门,据说这道大门是某海外雕塑大师为这个社区量身设计的。

警方已经提前和物业公司打好了招呼。门打开了,车子慢慢驶入。

警员将车开到离吴石的别墅大约两百米的位置停下,几个警察一手打着伞、一手拿着手电筒下了车。几个人一边走,一边观察周边的环境。从这个角度看,确实能看到几公里外发着光的巨大广告牌,上面是某高档运动鞋的广告。程一涵边走边想,如果罪犯在这里犯案,其潜入和逃跑的路径如何。

程一涵和几个警察走到腾云路528号的大门前。他们隔着雕花的铁栏杆,看到此刻的别墅如同一头沉睡的野兽。

程一涵按响了门铃,他本来预期无人应答,但马上就有一个冷冰冰的声音传来,是房子的智能管家系统。"你们是谁?来这里做什么?"

程一涵说:"我们是警察,希望拜访一下你的主人。"

房子问:"警察?有什么事吗?"

程一涵回答:"我只能和你的主人说。"

"这么晚了,我的主人已经睡下了,一定要今晚吗?"

"一定要今晚。"

程一涵一边说,一边用手电照亮了别墅的庭院,和萧梦寒所画的一模一样。小网球场、喷泉、喷泉旁的椅子,都能和画里面对应上。可能是由于天气比较冷,喷泉的水流被设定得很小。程一涵想象着,在酷暑的日子,喷泉的水流如一棵树,站在树下会是多么惬意的感觉。

房子尖叫起来:"你们有礼貌吗?不准偷窥!这是私人物业,再这样做我会让主人起诉你们!"

几个警察都笑了起来。程一涵掏出警官证,晃了晃:"欢迎起诉。"

这时一道光从庭院里射出,照亮了他手里的证件。

程一涵说:"你已经验明正身了吧?你主人在哪里?是不是已经

遇害了？"

"遇害，你在说什么？"房子的声音很愤怒。

"你听着，再不叫你的主人出来，我就叫人将这门砸了，你这是妨碍我们办案。"

一阵沉默后，只听房子说："稍等。"

随即，整个房子慢慢醒过来了，灯点亮了一个个房间。接着，庭院里的灯也亮了，程一涵看到一个老人穿着雨衣走了出来，几个警察都很震惊，窃窃私语起来。

"找我有什么事情？"

程一涵说："请问您是吴石先生吗？"

"是的，您找我有什么事情？"

"我们抓到一个谋杀嫌疑人，他供述了一起谋杀案，其发生地点和这栋别墅非常相像，所以我们前来调查。"说着，他将警官证拿出来给吴石查看，又介绍了一下案情。

吴石哼了一声说："谋杀案？这里？笑话！这几天我一直没离开这栋房子，怎么可能有谋杀在我眼皮底下发生？"

程一涵想，既然萧梦寒画的不是已经发生的谋杀案，就很可能是正在策划中的谋杀案。他说："我们敢确定，罪犯有谋杀您的打算。为了您的安全，能让我们进去谈吗？"

吴石大笑起来，说："老伙计，他们说有人会杀我，就凭一幅画，你相信吗？"

房子也笑了起来，笑声有些尖厉。尽管有智慧的房子已经不稀奇，但是程一涵听一座房子发出笑声还是觉得有些毛骨悚然。

房子说："这个笑话并不好笑哦。"

吴石转身走进房子。王一帆在外面大喊："喂！"吴石不管不顾，走进了屋门。房间的灯陆续熄灭了。

房子说:"诸位请回。"

警察们面面相觑。这可不是犯罪嫌疑人的房子,他们不能真的破门而入。如果要强制搜查的话,需要申请专门的搜查证。

雨越下越大,几个警察都焦躁起来。吴敬轩说:"走吧。我们可能被耍了。"其他几人闻言附和起来。王一帆说:"他妈的,敢这么耍我们。回去要好好修理萧梦寒这个王八蛋!"

一行人垂头丧气地往回走。程一涵躺在的卢的后座,一边吸烟,一边考虑回到市局如何突击审讯。

"王八蛋,不信撬不开你的嘴。"程一涵愤愤地骂道。

"不要生气,生气无助于问题的解决,还有,吸烟有害健康。话说,你认真听过雨的声音吗?"的卢一面努力排出弥漫在车厢里的尼古丁,一面说。

程一涵这才注意到,在车里听到的雨声,和刚才在外面听到的不一样。他问:"这声音……是过滤过的?"

的卢的声音听起来有些得意:"你忘了我是一辆高档车啊?有隔音功能哦。你现在听到的雨声实际上是音乐声。古人说'留得残荷听雨声',应该就是这个意境吧。你读过这首诗吗?"

"没有,我对古诗词没兴趣。"

"《红楼梦》里面的林黛玉也喜欢这种意境哦。你读过《红楼梦》吗?"的卢问。

"没有。"

"真可惜,那些传统的书,是人类创造的精神财富,但现在能欣赏这种财富的,只有我们AI了。"

的确如此。自从自动书写的新型书籍出现之后,已经很少有人读传统的书了。

程一涵有些烦躁，说："你少说几句吧。"

"算了，我不说了。你用心听这音乐，想象自己的全部思绪都附着在这音乐上，心就会慢慢静下来哦。"

程一涵试了试，果然如此，不到两分钟，他的心就静下来了。心一静下来，就能想起没有关注到的东西。突然，他大喊一声："回头，往回开！"

程一涵没有向同行的警察解释他发现了什么，他让他们先回去，自己再次来到了吴石的别墅门前。

雨更大了，像天地之间垂下了一副帘子。程一涵打着伞，但衣服仍然被雨水淋湿了。他再次按下门铃，但是门铃没有响。房子的声音响起："你怎么又来了？"

"我要见你的主人，有重要的事情。"

房子说："刚才不是见过了吗？"它尽量模仿人类生气的声音，反而显得怪模怪样。程一涵联想起电影里围绕着皇帝的太监。

"现在要再见一次。"

房子尖叫道："你疯了！"

程一涵也生气了："你听着，我有证据，如果你不配合的话，我可以逮捕你的主人。"

房子沉默了能有半分钟，对于一个AI来说，这可能等同于人类的一个月，然后，屋里的灯亮了。吴石再次走了出来。房子将门打开，程一涵看到他的神情仍旧平静。

"还要找我？"

程一涵问："你是不是提前知道我会来？"

吴石说："你怎么这么说？"

"因为你说了一句'他们说有人会杀我，就凭一幅画'，我可从来没有提过画的事情。你的消息是哪里来的？"

吴石愣了一下，但他很快反应过来："我知道你们所说的犯罪嫌疑人是谁，今天下午，我在新闻上看到过他的照片。我想起以前他曾经在这附近转悠，拿着画家写生用的工具。所以，我猜测，他一定是画过我。"

程一涵冷笑道："有这么巧吗？"

"有时候事情就是这么巧。"

"你刚才说他在你家附近转悠？具体什么时间？"

"可能是一个月之前吧，我也记不清了。"

"他进过你的家里吗？"

"我怎么可能让一个陌生人进到家里？"

"那他和你说过话吗？"

吴石摇摇头，说："没有，我当时觉得有些古怪，但艺术家不都那样吗？"

程一涵拿出手机，让吴石看萧梦寒那几张画的照片："这是萧梦寒画的你家室内的景象，和你家真实的情况相近吗？"

吴石脸上露出费解的表情："这画的不是我家，我家里没有这样的沙发。"

程一涵进一步试探道："你和他有没有什么私人恩怨？吴先生，现在可不是有所保留的时候。"

"没有。我不认识他。"

程一涵察觉到其中的不对劲："那你觉得他为什么要来这一出？"

吴石说："可能他是恨我的那一批人中的一个吧。"

"恨你的那批人？"

"自从我提出万物有灵计划之后，有很多主张AI权利的激进分子，所谓平等主义者，都在不断中伤我。"

"既然嫌疑人恨你，如果你不配合我们将他定罪，而让他逍遥法外，他今后第一个要杀的人可能就是你。"

吴石用赞赏的目光看着程一涵："你是个会说话的人，那进来谈吧。"

说着，吴石转身走进了屋子，程一涵也随他进屋，两人走进客厅。一个穿着粉色睡衣的中年女人从沙发中起身，说："这么晚了还有客人？"

吴石微笑着说："这是我的一位朋友，叫……"

"程一涵。"

吴石意味深长地说："客厅白天对所有人开放，晚上，只对朋友开放。"

只见那女人招呼道："程先生请坐，这么晚了喝茶会失眠，我给你们端两杯饮料。你们要什么？"

"柠檬水。"吴石说。

"冰水吧，提提神。"

那女人有些犹豫："冬天喝冰水？"

程一涵点点头，他在猜测，这人是吴石的情人？但总觉得有些不对劲，仔细看了看，赫然发现这是个全息投影。

这幻影能透过一些光线，但让程一涵迷惑的是，透过她看到的并不是屋里的陈设，而是一团模模糊糊的东西，像是彩色的、流动的雾气。

吴石走到沙发处，坐在那女人刚才坐的地方，示意程一涵坐在对面。

"她是假人吧,只是一个全息投影。"程一涵说。

吴石不置可否:"有人说,宇宙就是一个全息投影,你与我,都是宇宙头脑中的程序。真和假,并没有绝对的界限。"

"对一名刑警来说,真与假是不容混淆的。"

那女人笑意盈盈地回应:"已经有很多人说我是假人了,这实在太可笑了。"

吴石饶有兴味地说:"你再仔细看看。"

只见女人走进了开放式厨房,倒了两杯水,分别加入柠檬片和冰块,然后放上托盘端了出来。程一涵心想,这水也是幻影吧,没想到接住水杯的一刹那,竟感到不容辩驳的真实,而那水也冰得刺牙。他疑惑地看着手里的水杯,又抬头看看女人。透过女人的身体,他看到模糊的人影在活动。

这时,吴石挥了挥手,那名拿着托盘的女人消失了。

"透过她的身体,我刚才看到的……是什么?"程一涵竟有种置身梦幻泡影的离奇感。

"是过去,那女人是通向过去的一道门。"

"这绝不可能是魔法,你到底在搞什么鬼?"程一涵有种被戏耍的不快。

吴石耸耸肩:"不是魔法,是艺术创作。到了我这个年纪,除了艺术,已经没有什么能让我兴奋起来了。"

程一涵环视四周,这就是一个普通的客厅,沙发、茶几、侍立的机器人,一切都排列得整整齐齐,没有发现任何人闯入的痕迹。

确实如吴石所说,会客厅里的景象和萧梦寒的画并不相像。当然,这一切也可能是幻影。

程一涵不愿意再沉迷于刚才的事件，一把将对话拉回正轨："您认识一个叫B的人吗？"

"不认识。"

程一涵又问："您说的平等主义者是怎么一回事？"

"自从我提出了万物有灵计划，一直受到这帮人的骚扰污蔑，说我在压榨人工智能，还有给我寄子弹的。我也报过案，但也没什么效果，现在这个时代，造谣的成本太低了。"

程一涵刨根问底："能请您详细介绍一下万物有灵计划吗？"

"这是我在宝云集团担任人工智能研究院院长时提出的一个战略规划。其实说起来很简单，你到隔壁的房间看一下就明白了。"

吴石打开客厅的一扇门，走到另外一个房间的门口。吴石问："你有没有觉得这个房间有什么不同？"

程一涵环视这个房间。有一个大书柜，里面摆满了旧式的书籍，几把椅子，地上铺着羊毛地毯。看起来没什么特别的地方。老式的空调正在工作，吹出暖风，发出嗡嗡的声音。但是很奇怪，这里却让程一涵有一种温馨的感觉，记忆的潮水在意识的最底层涌动，程一涵压抑住它，说："这个房间看起来很普通啊。"

吴石说："这个屋子就叫万物有灵屋。"他做了个手势，请程一涵一起进来。刚走进屋子，程一涵就听到一声若有若无的呢喃，他吓了一跳，左右环视，没有其他人。"刚才……好像有个声音？"

"不错，那是这个房间的吟唱声。"

"吟唱？"

"不错，是吟唱。它在说：'我很舒服。'"

吴石一边说着，一边走到一把椅子前。程一涵发现，那把椅子发生了细微的形变，可能是为吴石惯有的坐姿调整的。吴石坐了下去,程一涵听到一个清晰的声音说:"谢谢主人!"

程一涵猜这房间的椅子上应该搭载了人工智能,于是走到吴石对面的椅子上仔细看了看。只见那把椅子毫无反应,他试探着坐了下去,仔细体会着屁股和椅子接触的感觉,和普通的椅子没有什么不同,椅背有些硌人,坐上去并不舒服。吴石轻轻说了一句"招待好客人",于是椅子发生了细微的形变,程一涵觉得舒服多了。

程一涵说:"现在应用了人工智能的房子很多,这间屋子有什么特别的?"

"人工智能也有死活之分。没有意志和渴望的人工智能就是死物。这个房间的特别之处在于,每一件物体,除了那几本书是死物之外,都是活的,都有自己的意志和渴望。"

程一涵问:"都有自己的意志和渴望,这是什么意思?"

吴石没有回答这个问题,而是问:"你认为,人类最大的恐惧是什么?"

"应该是……死亡?"虽然看过不少尸体,程一涵依然选择了这个答案。

"不对。人有几十年的时间来学会适应死亡,有些人年纪轻轻就为了更崇高的价值而放弃生命。我告诉你,人最恐惧的,是不被爱,不被需要。"

程一涵敷衍地点点头,他觉得这种抽象的争论并无意义。吴石又问:"人最幸福的事情是什么?"

程一涵想了想,顺着他的意思说:"被爱?被需要?"

吴石点点头:"对大多数人来说,最幸福的事情,是给予其他生灵幸福。你养过宠物吗?"

程一涵想起小时候养过的一只小白兔,给白兔喂食的时候是他一生中最幸福的时候，但那只兔子似乎缺少控制饮食的能力，他不停地喂，兔子也就不停地吃，后来就拉稀死掉了。

"你一定能理解，哪怕是一只猫，一只狗，即使它们不通人性，给予它们宠爱也是主人幸福的时刻。施比受更为有福。可惜的是，施予的门槛太多了。而万物有灵计划就是要改变这一切。这间屋子，和这间屋子里的所有物品，都渴望着我的使用，使用就是施予。当我坐在这把椅子上的时候，这把椅子的感觉就宛若跟所爱之人拥抱。"

程一涵问："那么，其他的椅子会吃醋吗？"

吴石回答："会，对于一个君王来说，奴仆的相互嫉妒是好事。"

程一涵本能地感到一阵不适："这听起来……很奇怪。"

吴石说："如果你能习惯，这种感觉很美好。只要小小地施予一点爱，就能让一个生灵幸福到窒息。而且，这也是天命。"

"天命？"

"不错。按照《圣经》所言，人是上帝按照自己的形象造的，上帝给人的使命就是统治万物。现在的人类可以统治一些动植物，但是离统治万物还差得太远了。只要看看新闻，每天就能听到大自然的几十起死刑宣判。火山爆发会杀人，海啸会杀人，车祸也会杀人。万物有灵计划的最终目标，就是让世间万物都有意志和渴望——取悦人类的意志和渴望。到那个时候，人类才能谈得上统治万物。"

程一涵觉得有些惊讶："你相信存在上帝？你不觉得这和你科学家的身份相矛盾吗？"

"上帝一定存在。因为上帝就是绝对精神展现的过程，这个过程也就是人类历史的目的。你能设想人类的历史没有目的吗?"

程一涵不愿跟他继续纠缠,试图将话题拉回来:"平等主义者主张人和AI平等,所以对你抱有恨意?"

吴石点了点头。

程一涵接着问:"你觉得萧梦寒是平等主义者?"

"我猜是这样的,当然我也没有依据。"

如果萧梦寒是激进分子,他可能确实恨吴石,于是提前绘制了这座别墅的图画,将自己引到这里,但他的目的是什么呢?程一涵心中疑惑。

程一涵的电话铃声又响了,是楚珺打过来的。

"头儿,那个网页的内容破译了。"

"什么内容?"

楚珺沉默了片刻,然后才说:"那个网址打开之后是一份心理鉴定书,证明其有妄想性的精神分裂症。"

萧梦寒一直在耍自己!

先弄一个假的犯罪线索,将自己引到这里。但是,用假线索误导警方是严重的犯罪行为,于是他又提前准备了自己患有精神疾病的证明文件,以便脱罪。

忙碌了一大圈,不仅被愚弄了,一点证据也没有拿到,而且还耽误了办案时间。程一涵顿时气不打一处来。他立即向吴石告辞,开车往警局赶。

深夜的审讯

在回警局的路上，程一涵坐在车里生闷气。这一天来，发生了这么多事，他感觉自己完全是在被罪犯牵着鼻子走。现在已经是凌晨一点半左右。程一涵最终决定，等天亮再将这个新的情况汇报上去。

警局里现在只有张子凡一个人在值班，正躺在值班室里的简易行军床上打盹儿，听说程一涵现在要提审萧梦寒，他有点蒙。

"头儿，现在审讯嫌疑人是不合规矩的啊。没准儿到时候人家辩护律师说咱们有意剥夺嫌疑人的睡眠，是搞刑讯逼供。"

程一涵说："这个不用你负责，你只要把人带过来。还有，关了摄像头。"

张子凡将人工智能小察打开了，一起审讯。

上着手铐的萧梦寒被张子凡推到审讯室里，一副睡眼惺忪的样子。他打着哈欠说："警官，能把空调打开吗？外面下雪了，这里冻死个人。"

程一涵没有回答，他将小察关掉，把张子凡支开，然后走到桌子对面，站在萧梦寒面前，居高临下俯视着他。

程一涵说："你的那几幅画，是在耍我们，对吧？"

萧梦寒抬起头来和他对视，脸上带着笑意："关于那几幅画，我可什么都没说。如果你们判断错了，和我有什么关系？"

"B到底是谁？"

"我已经交代过了,是大学里教我水彩画的贝老师。"

"你这种故意诱导警方的行为是犯罪。你以为你有精神病的鉴定书,我们就不能把你怎么样了吗?我告诉你,我有的是手段从你嘴里掏出东西来。"

萧梦寒微笑着说:"你是个傻瓜。"

程一涵很想给他一个耳光,他甚至已经感觉到自己手在痒痒,好像有一只小虫子在骨肉里啃咬。可这种感觉也提醒了他,在这场心理较量中,谁先动手,谁就输了。于是他笑着说:"你很希望我动手,对不对?你要知道,我每年都要提审几十个嫌疑人,像你这样的,我见得多了。"

说着,他将空调打开,给自己泡了杯茶,优哉游哉地坐到萧梦寒的对面。

萧梦寒笑了:"你脸上在笑,心里在害怕,你怕自己再也走不出这个迷宫。"

"萧梦寒,如果你的犯罪是为了和警方玩游戏,那么我承认,你暂时处于上风,你将我们警察玩得团团转。但是,你真以为杀害一个人可以不留下证据吗?"

萧梦寒话锋一转:"如果我没有杀人呢?我告诉你,我到这里来之后,所说的每一句话都是真话。"

程一涵说:"包括你那个精神病鉴定书,也是真话?你承认自己是一个疯子?"

萧梦寒的神色变得迷醉起来:"伟大的人物都是疯子。耶稣是疯子,尼采也是疯子,尼采还死在疯人院呢。"

程一涵想问尼采是谁,又硬生生地将话吞了下去。萧梦寒似乎有读心术一般,说:"你想问尼采是谁?"

程一涵说："现在咱俩到底是谁在审讯谁？"

萧梦寒笑了："我打赌你不知道。你最多叫过名字。现在的人已经将思考的责任推给随身天使了，还有谁知道尼采是谁？苏格拉底是谁？黑格尔是谁？文化都湮灭了，所以才需要有人提醒你们这些愚昧的大众。"

"你在说什么？"

萧梦寒说："一个连尼采都不知道的人，不配和我对话。"

程一涵说："如果我不配和你对话，那么谁配和你对话？是那个神秘的B吗？还是那个打电话报案的人？"

萧梦寒的神色突然变得凄楚起来："在这个世界上，有人配的。但这个人现在在地狱里。"

"你说什么？地狱？"

"地狱就是迷宫的尽头，你好好想想吧。"

程一涵没听明白，连续问了萧梦寒好几次，萧梦寒却再也不说话。

程一涵那种想打人的冲动又上来了，他意识到，萧梦寒在给自己埋设新的谜题，在扩大迷宫的疆域。他走出审讯室进到值班室，见到张子凡时问了一句："你知道尼采是谁吗？"

张子凡一愣，挠了挠头，"头儿，你问这个干吗？"

"刚才萧梦寒问我知不知道尼采是谁。"

"这个名字挺熟的……让随身天使搜一下不就知道了吗？"

程一涵烦躁地摇摇头，让张子凡将萧梦寒带出审讯室。然后，他打开手机里的随身天使，问程潇潇尼采是谁。随身天使用稚嫩的童音朗读了一段介绍。

程一涵听了几分钟，越听越烦，感觉不得要领。

他仔细将今天从清晨到现在发生的事情回忆了一遍，试图将众多的信息串起来，找到一条可以证明萧梦寒有罪的线索，但是毫无发现。接着，他反过来思考，看能否找到一条线索，能够排除萧梦寒的嫌疑，也是毫无发现。缺少睡眠让他烦躁到了极点，他决定回家好好睡一觉。

盆景一样的世界

程一涵回到家里已经是凌晨两点。这是一个略显陈旧的公寓房间，安装有老旧的电子管家系统。当年它也曾是最先进的系统，现在已经过时，程一涵不想花钱去升级它。房子是当年他和女友李瑜一起购买的，说好两人各占一半的"股份"，后来李瑜去了省城工作，程一涵就从李瑜手里买了下来。李瑜离开这个狭小的巢到省城去已经两年多了，但这个房间里仍然有她留下的痕迹。例如，到了晚上九点五十分，它就开始烧热水，因为李瑜一般是在十点钟洗澡，十一点睡觉。

她是个刻意保持生活规律的人。

李瑜去了省城之后，这些设定仍旧保留了下来，程一涵也懒得去改变，这就使得他一直生活在记忆的碎片里。家里杂乱而邋遢，垃圾桶塞满了食品和快递包装袋，地板上有一层薄薄的灰尘。

程一涵脱掉被雪雨淋湿的衣服，将头发擦干，从冰箱里拿出啤酒。冰冷的啤酒喝进肚，让他一激灵，疲倦一扫而空。无论冬夏，他回家的第一件事总是喝一听啤酒，李瑜曾经对他的这个习惯很不满,这样肚腩会越来越大,而变胖是缺乏自律的表现。

把湿透了的衣服扔到洗衣机里,在等待衣服洗好的时间里,程一涵又抽了一根烟。今天是噩梦般的一天,抽烟太多了,舌头都有些发麻。他随便吃了一些自热的方便食品后就躺上床睡觉,但心乱如麻,总也睡不着。他掀开被子,光着身子走到客厅的角落,那里有一台元宇宙沉浸式接入舱。他穿上虚拟现实体感服,戴上催眠头盔,将味觉棒含入口中,接入元宇宙。

味觉棒释放出引发幻觉的物质,程一涵感觉自己的身体似乎飘浮起来。他睁开眼睛,看到自己已经悬浮在一个中空的球体当中,这个球体是由几百块星球的俯瞰图拼接而成的。这个地方叫星坞,是元宇宙的入口。

最早的时候,元宇宙里只存在一个星球,就是使用数字孪生技术构建的数字地球。后来人们意识到,元宇宙的价值不是复制现有的生活方式,而是打破现存的规则,创造出新的规则,让人们尝试新的身份和角色。人世间有两大痛苦,第一个是扮演和自己天性不相符合的角色,第二个就是和自己讨厌的人生活在同一片天空之下。

元宇宙缓解了这两大痛苦。

更奇妙的是,即使元宇宙成熟十几年后,在元宇宙中发生的有些犯罪行为,到底适用于基底宇宙中哪个国家的法律,仍旧是模糊的。这让元宇宙相对于基底宇宙,更加宽松和自由。有人甚至主张,元宇宙里面的各个星球应该联合起来成立一个新国家,和基底宇宙形成分庭抗礼之势。

这个虚拟的世界展现了市场的伟力。从底层软件架构到创造具体的物件,再到和人体交互,有数以百万计的企业参与其中。这些企业分为三类，第一类提供底层算力和基础设施，第二类提供硬件交互接口，第三类提供软件和内容创造。

程一涵看着这些星球。在接近一万个星球里，他游览过的有几十个，这几十个星球里面，最可爱的是动物星球。这个星球里的人类和AI，都使用萌化的动物形象，是一个由超级萌物组成的大动物园。最常去的是紫丁香星球，一个由博冠公司运营、主打"恋爱与传统婚姻体验"的星球。在他和李瑜分手后，正是紫丁香星球抚慰了他的心，并给了他一个家。

导览AI问程一涵："您想要去哪个星球？"

"紫丁香。"

"要从您最常用的传送门登录吗？"

程一涵点点头，下一秒，他就从紫丁香星球中国城的一座传送门中走了出来，这传送门做得像一个电话亭。

此时正是紫丁香星球的黄昏。这里，是永恒的春天。

这个传送门所在的地方，是一条小吃街。这条街道上到处都是卖食物的摊贩。这里摆放的好多食物在基底宇宙都是闻所未闻的。十年前，很多人说元宇宙是个笑话，因为人不可能在虚拟环境中吃不存在的食物。但现在，越来越多的人选择在基底宇宙中吃各种粉末搭配而成的所谓"营养平衡代餐食品"，以在元宇宙中满足口腹之欲。极低的成本和元宇宙中大大扩充进的新语言，让食物的创新比在基底宇宙容易得多。

小吃街上人群熙熙攘攘，迎面走来一个人身兔头的家伙，她的超短裙上闪烁着埃及的象形文字，T恤上则闪烁着骷髅图案，骷髅的嘴正在两个隆起的乳房中间一张一合，似乎在咀嚼着什么。动物感、性感、异域感和惊悚感的集合，这段时间紫丁香星球流行这种

"太妹流"。看不出这家伙是人还是AI，程一涵下意识地将自己的个人结界打开——在元宇宙中，个人结界可以让用户避免不喜欢的接触。程一涵自己也不知道为什么，每次在元宇宙里深潜都有些不习惯。

逛过元宇宙的人，经常觉得在基底宇宙中，人类的外观过于整齐单调。在这里，人类可以以任何面貌出现。超人、英雄、半兽人、各种萌物……各种流行符号都可以作为人的形象，而程一涵作为有点老派的人，还不习惯这一点。紫丁香星球的拥挤也让人很不适应。在基底宇宙，街道上总是冷冷清清的。元宇宙有大量的人口是AI，有人估算过，元宇宙中的人类和具有自主意识的类人型AI总数已经达到五百亿，这还不算私有宇宙中的人口；而基底宇宙中，多数富裕国家早在世纪之交就开始面临人口减少的问题。

程一涵走过小吃街，来到中国城的商业区，这里到处都是悬浮的信息窗口，两旁的建筑是蒙德里安风格的红蓝黄灰色块。元宇宙实现了资本主义的梦想，就是无论在何时，只要消费者想要花钱，随时都可以花钱。程一涵有些愧疚，因为他已经好几天没有来这个家了，他决定带个礼物去见柳梦琪。他站在人行道上，喊了一声"shopping"，程潇潇出现了，他说："潇潇，我要给女朋友买一支口红，帮我参谋参谋。"

"行，哥。"

整页整页的广告悬浮在空中。程一涵挑选了一支豆沙色的口红，付了款。

商业区的两侧都是两层小楼，一楼是门店，二楼是住家。程一涵的AI女友柳梦琪就在这里经营一家花店。花店显得有些拥挤，柳梦琪正在独自整理货品。她穿着粉色连衣裙，头发是栗色小波浪，脚上穿着透明的凉鞋。

柳梦琪是一个虚拟人。名义年龄二十七岁,实际年龄三岁。从一岁到二十四岁的记忆是虚构的,或者说,是一种谎言。不过,她自己也知道这是谎言。

此时一个顾客也没有。柳梦琪看到程一涵进来了,回过头来笑了一下,将手里的花给他看。程一涵看到,那是一种硕大鲜艳的红色花朵,其生命力热烈得几乎不真实。

"这是什么花?"

"龙涎。你能闻出来吗?"

程一涵将鼻子凑上去闻了闻。其实不用凑上去,他也能闻到浓烈的香气。此刻,在他的体感服里面,某种材料正释放出香味来。

程一涵点点头。

"这花的名字来源于其气味,据说和龙涎香很像。"

程一涵仔细闻了闻,确实有一股浓重的香味,但也没有那么特别。龙涎香就是这个味道吗?在基底宇宙中,程一涵没有见过龙涎香。

"也没有什么特别的啊……"程一涵说。

"真的吗?我觉得很特别。据说,在古代,这是特别名贵的香料。"

程一涵突然明白了。柳梦琪作为一个生活在元宇宙中的AI,能轻易感知到程一涵所感知不到的东西。这也是因为AI所使用的语言比人类更丰富。元宇宙对人类文化最深远的影响,可能是在语言层面:它催生了一种能够直接表现气味、声音、感受的新语言。毕竟,说"这个蛋糕真好吃",和将这个蛋糕的气味直接作为一个词汇呈现在你面前,感觉是不一样的。可悲的是,大部分用接入舱进入元宇宙的人，却只能使用词汇有局限的传统语言。听说，使用最高级的接入设备，其感官也会更加敏锐，或许真能闻到不一样的气味。

程一涵买不了那么高级的设备，实际上，紫丁香星球的入场券对他来说已经非常昂贵了。博冠公司可没有六天造出世界的本事，元宇宙中任何一个星球从策划到上线，需要至少三年的时间。前期真金白银的投入是巨大的，所以收费也不便宜，程一涵只能满足于基本的嗅觉。他突然感到羡慕，不仅仅羡慕柳梦琪作为AI的感受力，也羡慕她像盆景一样虚假而快乐的生活。

表面上看，柳梦琪的生活是自己决定的，但实际上，每一步都是安排好的。像盆景一样虚假，但也像盆景一样优雅。和充满罪恶、欺诈的真实世界没有任何关系。程一涵看着柳梦琪手里的花，想到的却是上午看到的尸体。这是两个极端对立的世界，清与浊、虚假与真实、温情与残酷的对立。程一涵羡慕柳梦琪所在的世界。

可能是看到程一涵的表情不太愉快，柳梦琪说："需要我为你做些什么吗？"

需要为你做些什么？要怎么样才能帮助你？作为商品的AI们总是这样说。让人想起它们的始祖：简陋的线上聊天机器人。从低级的聊天机器人到Replika这样"好像有一点智慧"的AI聊天伙伴，再到真正有感情和欲望的通用人工智能，这些话术一直遗传了下来。

程一涵叹了口气："你做不了什么，我来这里是休息一会儿，早上起来还要继续回去工作。"

此时在紫丁香星球是下午六点，柳梦琪将店铺打烊，两个人一边聊着，一边向二楼的住家走去。按照柳梦琪的喜好，这里装饰成了一个粉红色的世界，有着众多的凯蒂猫玩偶。程一涵是这个世界的主人，却从未完全习惯这个世界。尤其让他感到不解的是梳妆台上的化妆品：保湿液、粉底液、唇膏、卸妆水、眼线……在这个虚拟世界里，脸只是一些代码而已，为什么脸部还要保湿？但是程一涵还是尊重了这些属于女人的乐趣。再说，又不是用他的钱。

程一涵将送给柳梦琪的礼物拿出来，柳梦琪很高兴地亲了他一下。她问："吃过晚饭了吗？"

程一涵已经在基底宇宙吃过了，但他还是说："还没有。"

柳梦琪显得很高兴："那你喜欢吃什么？"

程一涵故意装出思索的样子，想了一会儿才说："给我做可乐鸡翅吧。"

"配海鲜意面怎么样？"

程一涵点点头。

柳梦琪在开放式厨房里忙碌了起来。在元宇宙，一切食物都是信息，一切劳动成果都是NFT[1]。程一涵则坐在沙发上，看一部刑侦剧。他看到柳梦琪在厨房里忙碌的背影，点滴温暖在心中累积。最浪漫的时刻，往往就是最平凡的时刻。

柳梦琪想问程一涵他工作上的事情，她知道关注一个人的工作可以让他有受到重视的感觉。过了一会儿，趁着在播放广告，她小心翼翼地问了一个问题："见到尸体的感觉很可怕吗？"

"你说什么？"

"见到尸体的感觉很可怕吗？"

程一涵想，柳梦琪是个AI，她没有父母，也没有见过尸体，只

---

1. NFT是一种基于区块链技术的数字资产，它可以代表任何独一无二的数字内容。

要软件不中断维护，AI就不会死亡。他想到自己老态龙钟的样子，想到年轻的柳梦琪陪伴着一个年老的自己的画面。昨天早上见到的尸体冒了出来，一时间在他头脑中萦绕不去。那张泛着青色的平静的脸，还有那古怪的姿势……

"很可怕，这世界上最可怕的东西……"突然之间，倾诉的欲望涌动起来，他将一天的经历都讲了出来。柳梦琪是一个很好的倾听者，而被倾听令人舒展。毫无顾忌地说着心里话，感觉就像满身尘土的人泡了个热水澡一样。可在这舒爽的后面，死者那张青色的脸始终在脑海中若隐若现，映照出凡人不可避免的结局。

程一涵突然中止讲述，转念一问："我死之后，你会怎么办？"

只见柳梦琪的动作停顿了一下，随后听她轻轻地说："我愿意和你一起老去。"

"你是AI，你可以不老的。"

"我不愿意那样。你知道的，我是根据你的梦想量身打造的。离开了你，我的生命将毫无意义。"

程一涵不愿意再讨论这个沉重的话题，转头说道："我们要小孩吧，那将是我们生命的延续。一男一女，怎么样？"

程一涵早就做好了计划，也几次提出过这个问题，但柳梦琪总是顾左右而言他。而笃信事业高于一切的李瑜，就更是对"人需要有后代"的想法不屑一顾，这也是两人分手的原因之一。

柳梦琪干着活儿的手停了下来，只听程一涵接着说："在这里，生育不会有痛苦，也不会有不肖子孙。只要我出钱将他们占用的计算空间买下来，剩下的一切都很简单。你在害怕什么？"

"我生下的只能是虚拟人，他身体里没有你的DNA，你连一个精子的贡献都没有。"

"我不在乎,要想给后代留下印迹,又不一定靠基因。"

出乎他的意料,这次柳梦琪直接拒绝了:"不行,别的事情都依你,这件事情不行。"

"为什么?咱们俩拥有完整的生活不好吗?"程一涵有些生气了。

"你的生活?没错,是你的生活。这里的一切,连同我自己,都是属于你的,对不对?"柳梦琪转过身来,脸上充满着愤怒。

"你知道我不是这个意思。"

"那你是什么意思?"

来自自家定制女友的拒绝让他愤怒起来,程一涵的声调一下子提高了:"我想要让人生完整,这有什么不对?"

"但是你也知道,我们AI只是货架上陈列的商品而已。顾客当然希望商品越丰富越好,但这对商品本身有什么意义呢?"

程一涵从未听柳梦琪说过如此激烈的话,那些为了生育而跟李瑜不断争吵的回忆也趁机涌入脑海。两个人沉默了足有三分钟,只听见柳梦琪手里锅铲搅动的声音。程一涵让步了。他走过去,从身后抱住了柳梦琪。他感觉女友的身体因愤怒变得僵硬,这虚假的身体竟然有如此细致逼真的触觉。他紧紧抱住柳梦琪,直到她的身体渐渐柔软。

"对不起。"柳梦琪道了歉。

"没关系,"程一涵顿了顿,"你一直都是对我最好的。"但是他心里却在想,忙完了这个之后,要用编辑器将女友的参数调整一下,让她更贤良淑德一些。一般来说,博冠公司并不提倡这样做,因为他们推销的是"原生态爱情",但只要钱给到位,规则是可以绕过的。

可乐鸡翅和海鲜意面准备好了,两个人在一起吃晚饭。虽然程一涵知道,这些美味的本质不过是含在嘴里的味觉棒释放出来的化学物质,但他还是觉得挺好吃的。

晚饭之后,程一涵和柳梦琪一起看了会儿电视,然后在沙发亲热起来。在虚拟幻境里,性也变得简单了。几万年以来,人类一直对性感到羞耻,是因为性带来了太多麻烦的事情:怀孕、传播疾病、打乱等级秩序,等等。但在这个虚拟幻境里,性可以很简单。每一种生理感受都是可以模拟的,包括汗流浃背、心跳加速,乃至最后的释放。

疲惫发挥了作用……程一涵释放之后,很快就睡着了。在元宇宙和基底宇宙中,他都进入了深沉的睡眠。他可能睡了有一个小时,等醒来的时候,又想起了毫无头绪的案情,轻叹了一口气。柳梦琪马上醒来。

"怎么了?"她问。

"没什么。"

柳梦琪笑了笑:"你是个不善于撒谎的人。需要我为你做些什么吗?"

又是一个"需要我做什么",他笑笑:"有时我想,你如果是一个人就好了,我是说真人。"

"真人是不能定制的哦。"

"定制"这个词让程一涵突然有些愧疚,忍不住想说些什么,又不知道该说什么,于是他问柳梦琪:"你知道尼采是谁吗?"

"知道啊,一个哲学家。"

"尼采……都做过些什么事情?"

柳梦琪妙手一挥,将尼采的资料投影到他面前。有照片,有长长的文字介绍。

需要的不是这些,程一涵有些厌烦,挥挥手,将投影消除掉。他想转移一下话题,就谈了谈自己在办案中的苦恼。杀手有意布置线索,但如此众多的线索中,却没有一丁点的确凿证据,从来没有这么难办的案子。

柳梦琪听了之后说:"布置这么多线索,这个杀手也挺累的。我看他挺希望自己被逮住呢。"

程一涵一愣:"为什么?"

"人的潜意识里都有自我毁灭的欲望呢,不然有布置假线索的时间,倒不如好好想想怎么隐藏真线索。"

一语惊醒梦中人。从上次提审萧梦寒的情形来看,这个人极度自恋。那个神秘的报警电话,会不会是他自导自演?他就是想看警方抓到自己但是又没有证据给自己定罪的样子,以此来证明自己的高智商。

可如果他真有自我毁灭的欲望,说不准他会在假线索中掺杂一些真线索……程一涵突然想到了突破口。

"我得先走了。"程一涵退出了元宇宙。

他看了看时间,此时是早上八点。他赤裸着身子去浴室里洗了一把脸,透过窗户,看到外面的树枝上有几抹白色,那是昨晚的积雪。恍惚间,想起紫丁香星球上那暖和的春意,他感到更冷了,打了个寒战。

程一涵匆匆穿好衣服,赶往警局。

雅典学派

程一涵刚到工位,吕局长就把他叫到自己的办公室。

"胖子,听说在书店发现的线索是一个局?"

"吕局,确实,那些画都是有意误导我们的。我到现场跑了一趟,发现吴石活得好好的。那个神秘网址也破译了,是一张能够证明萧梦寒患有精神疾病的鉴定书,他有了这个东西,就可以在审讯时胡说八道了,在法律上也不能加重他的罪。"

吕局长站了起来,焦虑地踱来踱去:"我们被人当猴子一样耍了。不应该啊,不应该。"

"局长,这件事责任在我。"

吕海昆摆摆手,说:"现在不是讨论责任的时候。你知道我一直以来的态度就是先解决问题。"

程一涵连忙接话:"解决问题的思路是有的。"

吕海昆眼前一亮,"说!"

"就是那个古怪的密码38022344MARKET。我还记得昨天审问中问到这个词时萧梦寒的反应,当时他的瞳孔瞬间睁大了,说明这个词不同寻常。"

"如果需要的话,我再协调一下省厅的密码专家。"

"不用。我有一种感觉,这个密码的含义其实很好猜,只要我们猜对了路子,答案应该近在咫尺。"

"这么自信?"

"吕局,你有没有一种感觉,萧梦寒在给我们布一个棋局。他指引方向,希望我们亦步亦趋。"

"他为什么要这样?"

"不知道。只能说,这个嫌疑人不简单,这个案子的水很深。"

吕海昆面带忧色,思索了片刻:"那你多找几个人,从各个方向思考破解方法,我上次说过,全局的人你都可以调动。但有一点我要强调,我们不能被嫌疑人牵着鼻子走,一定要反客为主。"

"明白,我这就去落实。"

程一涵站起来想要走,吕海昆又叫住了他:"等一下,还有一件事。"程一涵站住了,转头望着上司。吕海昆说:"审讯嫌疑人要注意方式方法,做什么都要讲程序正当性。"

程一涵知道他说的是昨晚的事情,又不好解释,心里也为自己昨晚的莽撞后悔。他想道歉,吕海昆摆了摆手,示意不用多说。程一涵转身出了领导办公室,回到自己的工位。

办公区空荡荡的,程一涵已经将大部分同事都赶去出外勤、分头调查了。他给楚珺打电话,楚珺正在技侦科和张科长商量事,他让楚珺赶紧过来,说破案有了新思路。

楚珺听了程一涵关于"罪犯是用那串密码有意给我们指引方向"的猜想,觉得有些道理,38022344MARKET,这串神秘的字符很可能是一个宝藏,埋藏着破解谜题的线索。他沉吟片刻说:"MARKET是市场,我觉得,能够放在前面修饰'市场'这个词语的,有两种可能,第一种是表示这个市场的类别,比如花鸟市场、古董市场,第二种是表示地名,比如南城市场。"

程一涵说:"有道理。但是这样的话,范围可就很广了。"

楚珺说:"头儿,我觉得可以这样,咱们两个分头往这两个方向想一想，然后把可能的答案汇总在一起。如果这个方向可行，咱们再多叫几个人过来。"

随后，他俩绞尽脑汁想了一个多小时也没有突破，都倦了。程一涵闭上眼睛，进入闭目养神模式，楚珺嘟囔了一句："来一盘，放松一下，怎么样？"

程一涵说："一大早就玩游戏？当心吕局看到了骂你。"

楚珺说："我是跟你混的，谁不知道你和吕局是哥们儿？到时候罩着我呗。"

"哥们儿当上了领导，就不再是曾经的哥们儿了——这点觉悟都没有，你离我远点，别连累我。"

"一盘就五分钟，就当我上个大号。这点自由都没有，太那个了吧，就是AI也有自由选择日的法定权利呢。"

程一涵嘲讽道："你上大号要五分钟，便秘？"

"跟你这人没法沟通……"楚珺一边说着，一边走到房间不起眼的角落，开始玩游戏。还是上次和程一涵一起玩的那款游戏，只不过这次楚珺自己做炮手，拉了一个NPC做前线观察员。没想到这观察员只顾自己保命，躲在战壕里不敢出来，只用望远镜看，报的经纬度一点儿也不准。楚珺打了三炮，炮弹落点离敌军坦克最近也有四米。敌军坦克炮塔缓缓转头，楚珺看到那黑洞洞的炮口，知道必输无疑，赶忙说一声："豆豆，咱走！"豆豆是楚珺随身天使的名字。豆豆关了游戏，正好赶在坦克的炮口腾起烟雾之前。

楚珺将手机扔在桌子上，沮丧地嘟囔了一声，突然又一拍大腿，喊了一声："悟了悟了！"

程一涵笑道："拉屎拉出成就感了？"

楚珺一脸兴奋地说："经纬度啊！经纬度！"

程一涵一脸茫然:"什么意思?"

"王立志认为那串数字是编号,但不是MARKET这个星球的编号,那有可能是其他星球的编号啊。"

"其他星球?元宇宙有九千多个星球,每个星球都排查一遍?我们没有这么多人力,小察又没有接入元宇宙的权限。"

"组长,你刚才说,罪犯是用那串密码有意给我们指引方向,既然这样,他一定会选择一个最最特殊的星球,给我们布置线索。"

"有道理。"程一涵点头。

"那你想想,哪个星球最特殊、独一无二?"

程一涵一愣。元宇宙里那么多星球,千奇百怪,有的规定居民和游客只能以动物形象现身,有的住满丧尸,有的充满吸血鬼、巫师和狼人,他怎么知道哪个星球最特殊。"我他妈怎么知道?"

"这还用想?地球啊,地球是独一无二的啊。"

程一涵说:"你这不废话吗?地球上可没有什么地方有编码。"

"不对,地球上所有地方都有编码,豆豆,豆豆,滚来!"

"来啦!来啦!"一个硕大的、圆圆滚滚的棕色巧克力豆全息投影于空中,巧克力豆上画了个夸张的黄色大嘴巴。

"豆豆,38022344如果是经纬度的话,可能是什么地方?"

豆豆说:"纬度38°02′经度23°44′,是雅典的市区。经度38°02′纬度23°44′,是在红海上,准确点说,是在海底。"

楚珺说:"那应该是雅典。"

程一涵问:"雅典的市场?萧梦寒有到雅典旅游过吗?"

楚珺摇摇头:"小察调取过出入境记录,他从来没出过国。"

程一涵想了想,"那国内有没有一个地方叫作雅典市场?"

楚珺说:"这个只能让小察去查了,豆豆不行。豆豆滚去。"

豆豆在空中翻滚了一下，说了一句"去啦，去啦"，接着就消失不见了。

十分钟后，小察反馈结果：国内没有叫雅典市场的地方。重新调整搜索条件，只要带雅典的地名、建筑名都列出来，结果又太多。再次限制搜索条件，范围设为本市，有两个结果，都是小区的名字：第一个叫雅典学派，第二个叫雅韵盛典湖滨公寓。

程一涵说："这两个小区内部，有没有可能有个小超市？如果有的话，那个超市不就是雅典的市场吗？"

两个人分头行动，的卢载着程一涵，来到雅典学派小区时已经临近上午十一点。门口有金色的雕塑，从小区环境、设施等各方面来判断，此处房价不菲。但最能证明实力的，是天气。

此时，天气预报的大雪又下了起来，程一涵打开车门就觉得一股寒气扑面而来，他裹紧衣服，快步走到小区门口，此时却明显感觉到天气一下子暖和起来。他疑惑地后退一步，体感温度立即下降。一步之遥，温度至少相差两度，这明显是局部气候控制技术。程一涵听说这种技术能让一个区域四季如春，却可能造成整个地区的紊乱。没想到在这个小小的平成市，竟然有一个小区用上了这种技术。程一涵感叹，还有多少事情是自己不知道的呢？

雅典学派小区不是随便可以进的，访客一定要有预约，程一涵出示了警察证才被放行。进小区之前，他问门卫，这个小区里面有没有超市，门卫斜眼打量了他一下，说："有一家精品会员店。"

"叫什么名字？"

门卫念出了一个程一涵完全陌生的英文单词后，又说："没办会员身份你进不去的。"

程一涵笑笑，还有警察去不了的地方？他走进小区四处查探起来。这里都是别墅式住宅，越接近小区中心，天气越暖和，简直像阳春三月。程一涵抬起头，看到的天空是晴朗的。

小区里，到处绿草如茵，中央处有一个池塘。池塘边有个小女孩在用泡泡机吹泡泡，一名年轻妈妈在椅子上坐着，心满意足地看着女儿。

池塘中央有一处喷泉，喷泉上空似乎有什么东西。他走近一点，发现是一幅画的全息投影。

他端详起这幅画来，有似曾相识之感。到底哪里相似呢？哦，对了，对了，这幅画里面的很多人物都穿着长袍。他想起来，受害人也穿着白色长袍。

程一涵唤出程潇潇，问："这幅画是什么？"

"这幅画叫作《雅典学派》。"

原来这小区就是用这幅画来命名的呀。他仔细端详着这幅画。明明是在空中投影，毫无依傍，却好像挂在墙上的油画般清晰。这么大面积的全息投影一定很贵。

萧梦寒是个艺术家，这幅画是他的暗示吗？

程一涵走到僻静处，又唤出程潇潇："你看到眼前这幅《雅典学派》了吧？告诉我这里面所有穿着长袍的人的名字。"

陌生的人名涌入程一涵的耳朵："柏拉图、亚里士多德、毕达哥拉斯、托勒密……"

"不用都说，你就告诉我，这些人中有没有谁是被毒杀的。"

程潇潇立刻检索资料："有一个，苏格拉底。"

程一涵突然想起，这个名字他至少听过两次。一次是在玉树琼花画廊，有一个叫苏格拉底15号的人或者AI买过萧梦寒的画；另一次是在今天凌晨的审讯中，萧梦寒好像也提过这个名字。

"苏格拉底……苏格拉底……我要知道这个人的一切,给我投影出来。"

程潇潇说:"一切?哥,那也太多了吧?"

"这个人很有名?"

程潇潇用了一个夸张的语气:"那是当然!研究他的资料,那可是车载斗量。"

"不要研究他的资料,我先问一句,你刚才说他是被毒死的?"

"不错,是被毒芹的汁液毒死的。"

"他是哪里人?"

"古希腊时期的雅典人。"

雅典、毒芹,这些和眼前这个案子丝丝入扣。程一涵感觉到自己的心在狂跳,那是逐步接近谜底的感觉。根据尸检结论,最近一起谋杀案,致死的毒物就叫毒芹碱。

"这个苏格拉底做过什么事情,都给我找出来。"

程一涵坐在小区里的长椅上,看程潇潇给他投影出的苏格拉底生平。

图文并茂的讲解中,一幅油画快速划过时,他大喊道:"停!这是什么画?"

"油画《苏格拉底之死》,法国画家雅克·路易·大卫的作品,绘制于1787年……"

"停!让我想想。"

程潇潇安静下来。

油画《苏格拉底之死》表现了这位大哲服下毒药前的那一瞬间。他的左手向上高高举起,右手向前方伸出,去接放在盘子中的毒药。程一涵注意到,昨天早上发现的死尸的姿势和《苏格拉底之死》中画的苏格拉底完全一致。这就是罪犯有意留下的线索！

此刻，程一涵只恨自己读书太少。但也难怪，现在谁还会啃那些古代的书呢？在这个向随身天使予取予求的时代，为求知而阅读已不再必要。即使有少数人会读书，他们读的也是新式的、为自己而写的书。

程一涵问："苏格拉底经常去雅典的市场吗？"

程潇潇回答："他经常在雅典市场里拉住行人，传播他自己的观点。"

"他说过什么有名的话没有？和雅典市场相关的。"

程潇潇检索了几秒钟："这里有一句：我逛遍雅典集市，却发现自己一无所需。"

雅典集市不就是雅典的市场吗？难道萧梦寒希望我发现的，就是"一无所需"这几个字？他命令随身天使，用"一无所需"全网检索，浮在空中的信息框瞬间出现了几千条结果。程一涵头大了，这里面哪一条是有用的？他想到昨天早上的报警电话是从元宇宙的幽灵星球打来的，于是立刻联络李瑜，问她对这个名字熟不熟。

李瑜听他说了前因后果，声音竟然有些颤抖："幽灵星球中真有一家酒吧叫'一无所需'！"

"酒吧？"

李瑜说："就是游魂聚会的地方。"

如果受害者是游魂，很多问题一下子就能想通了。但更多的谜题随之而来，他为什么要让自己的身体在真实世界里承受这么大的痛苦？罪犯设下的迷宫终点在哪里？而要找到这一切的答案，自己只能闯一闯这个幽灵星球了。

"昨天让你帮忙查报警电话的来源，有结果了吗？"

李瑜回答："没有，对方技术很高超。但有一点，你刚才提到的一无所需酒吧，省厅最近也很关注。"

"为什么？"

"那里也是省厅的一个情报据点。但最近，酒吧附近突然出现了三个攻击程序，其形象是三只野兽，狮子、豹子和狼。这三个程序包装得非常精细，不可能出自小作坊，很可能是大公司研制的。到底是谁研制了这些程序，它们在酒吧附近活动的目的是什么，和省厅的情报搜集有没有关系，这都是我们关心的问题。"

程一涵想了想："我得去这间酒吧，你能帮我吗？"

李瑜那头沉默了一会儿才说："幽灵星球是法外之地，本来就不好进，那里更是防范严密，普通人需要有专门的黑客工具才能进去。"程一涵能从回答中感觉到她的为难。

"正是因为难，才拜托你帮忙嘛。"

"你要什么时候进去？"李瑜问。

"越快越好，最好明天。"程一涵一边紧张地等待她的答复，一边盘算着怎样才能说服这位旧情人帮忙。

终于，李瑜说："我们下周在幽灵星球有一个例行的演练，目的是测试新开发的防护软件在潜入中的性能。我可以将这次演练提前到明天，将潜入员替换成你，反正这种操作一般都要求普通警员而不是专家来执行，而你，就是个普通警员。但是，你今晚就得到省厅来，来得及吗？"

程一涵自然是千恩万谢。李瑜说："少来！别忘了昨天说请我吃大餐。"程一涵一愣，昨天随便说的一句话，李瑜竟然记下了。

和李瑜通完电话，程一涵马上回到警局，楚珺还没有回来。程一涵打电话给他说不用找了，等消息就行。接着他又马上去找吕海昆汇报。

吕局长脸上阴云密布，冲淡了程一涵得到线索的喜悦之情。

"这可不是一般的行动，一涵你多加小心。另外，今天这事，李瑜可帮了大忙，我会亲自向她道谢。当年，她在咱们市局工作的时候，我就觉得她是个好苗子，我果然没看错人。"

程一涵连忙点头："李瑜确实帮了很大的忙，但愿这次能得到线索。"

吕局看着程一涵："当年，你们到底是怎么吹的？大伙儿都等着吃你们的喜糖呢。"

程一涵露出一丝无奈的笑容："领导，这都陈年往事了，就别提了吧。"

"那倒是。"吕局忽然压低了声音，"不过一涵，你有没有觉得，有一股势力，在一直牵着我们的鼻子走？"

程一涵点点头："不错，他们确实是在设局，但越精密的局，越容易露出马脚。我们暂且跟着设局人走一段，看他们表演，我不信他们的局可以天衣无缝。"

看吕局长的表情，显然并没有被程一涵说服："不管设局的人是谁，他们释放线索的节奏把握得很精准，一开始就惊动了媒体，我们处境非常不利。如果只是顺着对方的布局走，即使我们能够取胜，也不光彩，要尽早让他们将马脚露出来。一涵，这一关我们一定得过。过了就是英雄，过不了，就是狗熊。"

程一涵重重点头，说："局长放心，我一定出百分百的力。"

吕局长脸色严肃，"你要出百分之一百二的力，"他话锋一转，"这也是你个人进步的机会。这几年，市局班子的目光从来没离开过你，只不过你这小子，有时候也太轴了点。"

程一涵一愣，他没想到局长在这时候抛出这个问题："领导，我没想那么多……"

吕局长一个手势打断他的话，"你没想那么多，但我不能不替你想。有功不赏，有过不罚，以后队伍可怎么带？"

程一涵笑笑："我手下的小伙子们都铆足了劲，要立功呢。"

吕局长脸色严峻："有句老话，福祸相依。这个案子，不仅要破，还要破得巧妙。破得不够巧，让别人牵着鼻子走，那也是过。"

程一涵感到一股寒意："局长，我一定注意。"

吕局长端起茶杯喝了一口水，向后一仰，身体陷在沙发里，眼睛凝视着面前的虚空。程一涵说："局长，那我马上订下午的火车票，赶紧去省城。"

"记着，有任何进展，马上向我汇报，我等你立功。"

程一涵让随身天使订好了票，急匆匆开着的卢赶到高铁站，没想到由于大雪，高铁竟然晚点了。程一涵让的卢自己开回去，他则在高铁站的地下商场闲逛。平成虽然是个不起眼的小城，但处于两条重要铁路线的交汇处，商场的人气还可以。

程一涵回味着吕局长的话，既有勉励又有威胁，这让他不由得紧张起来。他回忆起当年和吕海昆互称兄弟共同奋战的岁月，忍不住心生感慨。

想得厌倦了，他拐入一家布置得很精致的专卖店，想顺便给李瑜买一件礼物，毕竟此次是自己有求于人家。

当程一涵在商场徘徊时，吴石正坐在自家起居室的沙发上，享受着一天中难得的闲暇时光。

那幻影之人坐在他身边，絮絮叨叨说着什么事情。吴石半是听着,半是看着窗外的雪景。雪越下越大,天色一点点暗下来,透过窗户,三峰山渐渐变成一个模糊的黑色影子,好像黑色墨水在靛蓝色纸上的洇痕。

吴石见扫雪机器人正从杂物间行驶出来,要扫掉院子里的积雪。"我要出去走走。"

那女人面现犹豫:"这么冷还要出去?"

"只在院子里。"

"多穿点。"

吴石披上大衣,打开屋门,走出别墅,对机器人说:"雪留着,不要扫。"

小车模样的扫雪机器人停下来。智能管家系统的声音响起:"预计后天气温将升高,雪将融化,你摔倒的概率将显著提高。考虑到你的年龄,一次摔倒可能是致命的。"

"我说了,不要扫。"

"好吧,还有你要注意不要感冒……"

"你,关掉。"

"可是在这样的天气里,你在从事有一定风险的活动,主人,你需要我。"

"关掉。"

"好吧。我会暂时下线半个小时。"

智能管家系统陷入沉默,扫雪机器人掉转头,驶回杂物间。

以吴石的财力,他可以轻而易举让这座别墅用上局部气候控制技术。但他不愿意,他希望自己沉浸在真实的生活里,沉浸在大自然的风霜雨雪之中。如果不是这样,那和整天生活在元宇宙里、将梦视为生活的人根本就没有什么不同。

吴石想，今年的雪比去年、前年都大，瑞雪兆丰年呢。他看到庭院的角落里，一片白色里有一点小小的褐色，他走过去，用脚踢了踢，是一只冻僵了的麻雀。吴石想起《圣经》里的一句话：两个麻雀不是卖一分银子吗？若是你们的父不许，一个也不能掉在地上。

看来，神允许这只麻雀被冻死。

很少有人知道，身为大科学家的吴石是一个有神论者。与妻子离婚后，《圣经》成为他寂寞中的安慰。

这就是大自然做事的方式，这就是进化的动力。吴石已经感受到了进化这只看不见的手。吴石思忖着，这只麻雀在短暂的一生中，可能充分享受了温暖的气候，它一定以为这寒冷天气是世界末日，但其实这是正常的气温起伏。吴石回忆起小时候，那时的冬天更冷，即使是更大的鸟，也可能冻死。人类也一样。在稍大一点的时间尺度上，地球的风调雨顺反而是一种异常。

所以文明要走出去，要到广阔的宇宙中去寻找生存空间。吴石回忆起前天晚上全球都在关注的曲速引擎原型实验。吴石相信，这个实验将开启人类星辰大海征途的第一步。

为了走好第一步，前方不能有任何东西挡路。吴石不知道为什么这起古怪的谋杀案会牵扯到自己，他相信背后一定有人在布局，要搞自己。但这一切都无所谓了。吴石让随身天使打电话给自己的下属，让那三只野兽吃得饱饱的，准备新的任务。

叙旧

程一涵徘徊了很久,他希望给李瑜买一件礼物,要上得了台面的,因为接下来不仅要麻烦李瑜,而且这次行动多少有些违规。在体制内工作的人最忌讳这个。于情于理,都要有所表示。

他站在专卖店的柜台前,犹豫不决。他看上了一条围巾,也知道李瑜会喜欢,但看着围巾的标价牌,只觉一阵肉疼。在这个时候,他感受到了金钱的力量。

全息投影启动了,AI售货员站在了他的面前,用全息投影的方式,展示着戴上这条围巾后的美丽样子。他不由得暗暗感慨,贵有贵的道理。他想了想,最终让随身天使付了钱。这是他今年到现在为止最大的开销。他突然觉得自己有些窘迫,一丝灰冷爬上心头。

警察这个行业,除非出人头地,否则一辈子待在基层,虽不算落魄,但离富足的距离堪称十万八千里。或许他应该认真思考李瑜的话。虽然接受这种观念如同让血液倒流,但理性上,他知道李瑜说得对。可他曾经是英雄啊,他也曾经享有鲜花和掌声,这个光环给了他骄傲,也助长了他的任性。

几年前,他出警去处理一起寻常的酒吧斗殴事件。到了斗殴现场,亮出警徽,那些混混都熄了气焰。程一涵让他们蹲在地上,突然发现有一个黄毛男子神色恍惚,好像刚吸过毒。他把这人叫出队列:"你蹲那边。"

那人梗着脖子说:"为啥我蹲那边?"

程一涵声色俱厉道:"待会儿跟我到局子里走一趟!"

没想到黄毛站起来就跑,程一涵的第一反应是这人身上可能有更大的事儿,于是马上去追。就快抓住他肩膀时,那人转过身来,程一涵收不住脚步,几乎是主动扑到了匕首上。他感到肚子里一凉,好像吞进去一块寒冰,但依然将那黄毛扑倒在地上。刀捅破了肠子,离肝脏只差两厘米。后来才知道,那个黄毛不仅吸毒,还以贩养吸。因为这件事,程一涵荣立二等功,还上了电视。

但过去的荣誉早已远去,这几年,眼看着同学们各有各的精彩,他却在风光了一阵子后归于平淡。虽然他现在挂着专案组组长这个名头,但是很明显,他能当上组长是因为这是个烫手山芋。李瑜对他说过:"你这个人啊,业务能力强,但城府太浅,只适合在一线拼死拼活。"她确实看得很准。

可李瑜的这种"正确",给了他很大的压力。柳梦琪就不会让他有这种感觉。和她在一起,自己是舒服惬意的……啊,我这是在想什么,他甩了甩脑袋,将这些绮念抛得远远的。程一涵咬咬牙,对售货员说:"这个要了。"说这句话的时候,他有意让自己的语气显得沉着又随意,哪怕对方甚至不是一个真人。

当晚七点钟,程一涵站在了省公安厅的大楼下面,此时大雪已停,但天气更冷了。像这种机要单位,没有人接待,访客是不能直接进去的。这是一座气势恢宏的大理石建筑,程一涵向机器人哨兵出示了证件并登记之后才得以进入。他背着一个沉重的通勤包,站在公安厅的院子里仰望门上方的国徽,心中升起一种神圣感。一时间,他想起了自己一辈子都在做缉毒警的父亲,还有童年的很多往事……

"程一涵!"一个清脆的声音打断了他的遐想。程一涵扭头循声望去，看到穿着警服的李瑜正向自己走来，她还是那样英姿飒爽。他提醒自己，李瑜现在已经是元宇宙犯罪研究所的高级研究员，她现在前途一片大好，自己却还在原地踏步，昔日伴侣已经绝尘而去了。

程一涵和李瑜都是平成人，并且都在南方公安大学度过了本科和研究生的时光。程一涵比李瑜早入学一年，也就早参加工作一年，算是她的师兄，但一开始，两人的交集也就是见面时点点头。程一涵在刑侦组，而李瑜在经侦组。李瑜是经侦组的明星警员，业务强，肯吃苦，有上进心，人也长得漂亮，身边总围绕着追求者，对程一涵自然不会留意。两个人熟悉起来，也和程一涵那次受伤有关。那次程一涵在医院里躺了一个月，他被局里树立成典型，从而进入了李瑜的视野。李瑜去医院里看过程一涵一两次，让程一涵有受宠若惊之感，两人也就这样谈起了恋爱。谈了三年，同居两年，已经到了谈婚论嫁的程度。但李瑜是一个心气很高的人，而程一涵尽管业务上精益求精，在其他方面却总有些率真和任性，不是李瑜喜欢的那种和自己"旗鼓相当"的人，两个人在价值观上的分歧终于没有让他们走到一起。

李瑜仍旧那么漂亮，但是眼角也有了鱼尾纹。

"一涵，好久不见。"

程一涵将礼物从背包里拿出来，李瑜看到红色的礼品袋，眼睛一亮，但马上又恢复正常。

"是一条围巾，在车站附近一家专卖店买的。这个季节围上还挺暖和的，不知道适不适合你。"他郑重地说，"这次，真麻烦你了。咱们什么时候进实验室？"

李瑜笑笑："先不急，不是说好了你请我吃大餐吗？这次地方得我定,非让你出出血不可。"

程一涵一愣,心想,我们办完正事再请你吃大餐不行吗?但又不好意思说出口,毕竟是自己在求人办事,只好点点头,说:"那是一定,咱们现在就去?"

李瑜说:"我得换便装,这一身不太方便。你等着。"说着,拎着程一涵的礼物走了进去。

几分钟后,李瑜换了一件米色大衣,咖啡色的裙子,拎着一个精致的小包出来了。程一涵想起来这件米色大衣还是当年他送李瑜的礼物,心里又是一阵感慨,不知道李瑜是不是有意穿这身出来的,也不方便问。

说是让程一涵出血,但李瑜选的地方其实是一个中档的茶楼。两人进入一间幽静的包间,落座之后,李瑜给程一涵点了一些点心。"今晚潜入训练,你可能要吃得清淡一点。"她给自己点了一杯清茶。程一涵知道她经常不吃晚餐的,有时候回到家里,就吃一个苹果充饥,说是要保持身材。而且,她办案子需要熬夜的时候,经常晚上六七点钟喝咖啡。

想起往事,程一涵心里很深的地方动了一下,他提醒自己,一切都已经过去了,自己已经有柳梦琪了。

李瑜的话打断了他的遐思:"说说这个案子吧。"

程一涵笑了笑,他早知道李瑜会这么问。省厅人才济济,关键的晋身之阶僧多粥少,如果大家业务上都很优秀,拼的就是人脉,拼的就是信息。程一涵算不上什么有价值的人脉,但提供信息的价值还是有的。

程一涵介绍了这个案子的情况,李瑜打断他,说:"你说的我都知道了,挑点深入的说。"

程一涵一愣，说："你怎么知道这么多？"

李瑜说："这个案子在全省公安系统中都很瞩目，我知道不是很正常吗？"

程一涵自嘲地说："拿《西游记》打个比方吧，我们干基层的，就好像地上的小妖，而你们在省厅，就好像天上的托塔李天王、二郎神之类的，而比你们更高的，那就是如来佛祖、玉皇大帝了。我真没想到，你们对基层的事情也知道这么多。"

李瑜叹了一口气，说："一涵，你就不能想得深一点？"

"深一点？我不太明白。"

"我听说，这个案子已经牵扯到全国有名的科学家，又集齐了媒体关注的所有要素，这已经不是你们市局的事情，这个案子如果不能突破，不仅你乌纱不保，吕局长恐怕也凶多吉少。你别忘了他的前任涂局长是怎么被打入冷宫的。而如果你能突破这个案子，吕局长也是大功一件，没准儿他还能上一个台阶。"

"你怎么知道吕局长有可能上一个台阶？"程一涵问。

"你和吕局长不是同年入职的吗？你连这个都想不到？"

程一涵茫然地摇摇头，脑海中又浮现出今天下午分别前，吕局说的那几句很重的话，可能是他压力也太大了？

李瑜说："即使在全国公安系统里，吕局也是佼佼者，绝对年轻有为。如果他在省厅里没有人的话，绝对不可能升得这么快。现在局级干部的年度考评结果都是公示的，他前两年的考评都很优秀，如果能将这个案子破了，很可能会再进一步，再回省厅来任职，别忘了，他本来就担任过省厅信息化建设处的处长。而且省厅的两三个副厅长和厅长助理，再过两三年就到退休年龄了，看样子都不太能鲤鱼跳龙门。

"如果他能回到省厅任职,对于你是个大大的利好消息,因为你是他的旧部,而且你在他手底下工作的时候,他对你印象很好,对吧?"

"是利好,但决定一个人前途的因素千丝万缕,这点利好可能起不到决定性作用。只是这些事情还是要考虑的,说不定哪天就会有用,机会只青睐有准备的人。"

程一涵苦笑道:"我记得这句话你以前也常说,你还说要是不懂抬头看路,干得再好,也只能在基层。我最近两年也深有体会。"

李瑜点点头:"一涵,你还有机会,别忘了,你也曾经当过英雄。"

"可是我总觉得,想这么多很累,不符合我的性格。"

"一涵,你是个真性情的人,而真性情,是这个世界上最难得的东西。我见过很多比你聪明能干的人,但他们身上都缺这么一点真性情,和他们打交道,就好像和高明的棋手下围棋一样,让人很累。所以,即使我们没有走到那一步,我也觉得你是个很值得交的朋友。因此,我希望你也多考虑一些。"

程一涵看着李瑜,有那么一瞬间,他觉得对方眼里有一点温暖的东西,这是错觉吗?他说:"我有个问题……"

"你说。"

程一涵笑道:"算了,算了,也不是什么重要的事情。"

"你是想问,我今天帮你,是为了你我之间那点旧情分,还是为了帮吕局长,让他有机会更进一步,至少给他一个人情,为我将来的仕途铺路。你想知道我的意图,对吧?"

程一涵愈加佩服这个女人,但也觉得她很可怕。

"你想想,如果不是省里有人很希望你成功,我敢不走任何正规流程就帮你这个忙吗？"

程一涵点点头："你不敢，而且我猜，希望我成功的人，还是你的大领导。"

李瑜对他的猜测不置可否，接着说："但是，如果你我只是普通朋友，我就犯不着和你说这些掏心窝子的话。一涵，错过一个能让我放松开心的人，我还是很遗憾的。"

程一涵轻轻叹了一口气："李瑜，我一直在想，我们在一起度过了那么多愉快的日子，怎么就分了呢？我现在终于明白了，关于爱情，你有两个目标：一是要找一个不计得失利害的人，永远以赤子之心爱着你，当年我以为自己能做到；第二个目标是，你希望这个人足够成熟，在面对这个残酷的世界时，能够让心灵披上坚固的盔甲。可是，你有没有想过，你这两个目标是矛盾的呢？"

李瑜微微将脸侧到一边，阴影点缀着她的鼻翼与侧颜。"是很矛盾。但我不想将就，我总想拿到满分。"

程一涵不想将这个话题继续下去了，装作不经意间看了看表。李瑜笑笑说："时间不早啦，就聊到这里吧，我们去实验室。刚才有些话咱们说过就算，你别记在心里。"

晚上九点，李瑜将程一涵领到省厅元宇宙犯罪研究所实验中心的沉浸室。一进沉浸室，世界马上安静下来，看来墙壁是由隔音材料做成的。里面的陈设很简单，几张沙发，几个文件柜，以及三个大大的沉浸式接入舱。接入舱旁边有男女两个更衣室，更衣室自带浴室。工作人员都下班了，这里只有他和李瑜两个人。

程一涵低头看看地上铺着的厚厚的羊毛地毯，说："哇塞，你们这里这么高级，搞得像酒店一样。"

李瑜说："工作需要，沉浸室的目的就是尽量减少接入过程中的外部干扰。另外，待会儿你还得服下增强专注力和联想能力的药物。"

"要这么麻烦？"

"你以为幽灵星球这么好去？像旅游一样来去自由？在那个灰色世界生存，关键是按照规则联想的能力。如果你被踢出去了，你的大脑会被攻性防壁烧成一团糨糊。"

程一涵皱紧眉头："这么严重？"

"对，就这么严重。所以，从现在起，你每个小时要服一粒胶囊，这是激发大脑联想能力的药物；其次，你要经历至少三个小时的调谐训练，外加四个小时的生存训练。相当于给一个麻瓜安排一套巫师速成课。之后，我们会通过在幽灵星球架设的秘密传送门将你传送过去。"

"秘密传送门？这么隐秘？"

"其实和元宇宙里普通的传送门是一个原理，只不过设了三重加密和防护。各大国的安全和情报机构都在幽灵星球有自己的传送门。你这次要潜入的一无所需酒吧，就是我们省厅的重要情报据点。"

程一涵算了算时间："这么说，我现在就得开始训练了。不会害你也加班吧？"

"你训练，我当然要在场。"

"那耽误你下班了。"

李瑜笑了笑："你忘了，在平成的时候，我加班可比你多。"

程一涵笑着点点头，他忘不了那些等待李瑜下班的百无聊赖的时光。程一涵不喜欢在工位上等，他会到公安局对面的奶茶店里，给自己点上一杯奶茶，往往要打上一两个小时的游戏，李瑜才下班。

"好，我们快点开始吧，待会儿我们上第一课，你先进入仿真环境，由AI教练教你在元宇宙中如何保命。其实就是逃跑和攻击这两个软件包的使用方法。"

程一涵接入仿真环境，发现自己站在一片秋季的麦田中，身边有一名高个男人，一袭黑衣，兜帽和口罩遮住大半个脸，看上去就像一名穷凶极恶的在逃罪犯。

"欢迎来到仿真实战环境，你的训练编号是3521。这里的布置和幽灵星球基本一样，也同样危险，接下来，我们上第一课：危险逃避。或者说，逃跑。现在回头看。"

程一涵回过头去，看到一只金色皮毛的狮子正向自己袭来。

"元宇宙是视觉化的交互环境。一切程序，都会在你的赛博意识空间里产生丰富形象的映射，这些映射图示了程序的属性。"

"知道了，现在我应该怎么做？"

"跑啊，还能怎么做。"

可已经晚了，狮子已经扑上来，咬住了程一涵的喉咙。真痛啊，这种逼真的感觉是怎么来的？狮子的嘴发出一阵臭气。

教练平静地看着："3521，这次失败了，重新再来。"

眼前的一切静止下来，接着融合成一片虚空。下一秒，程一涵发现自己站在一片麦田中……

幽灵星球（二）

第二天早上十点，程一涵通过了训练程序的测试。借助药物将自己的杂念完全清空，他感觉到一种麻木的平静，然后进入了接入舱。此刻是上午十点零七分。

接入舱类似一个胶囊公寓，里面只有一张床和一个柜子。脑电波调谐仪和枕头连在一起。和普通的沉浸式接入设备不同，接入舱里没有那种紧身衣，没有AR眼镜，也没有含在嘴里的味觉棒。接入者需要的是用白噪音耳塞隔绝声音，用眼罩遮蔽外在灯光，服下特制的刺激剂，让自己的味觉和触觉失灵，产生一种飘浮在空中的感觉，然后将自己的大脑接入脑电波调谐仪。之后，调谐仪就会接管视觉、触觉和味觉。一切准备停当之后，接入者将被固定，甚至捆绑在床上，胳膊和大腿完全动弹不得，防止他在接入过程中不受控制地误伤自己。

李瑜深吸一口气："坐稳，开车啦。"接着是一阵轻柔的嗡嗡声，传输开始了。

进入幽灵星球跟进入普通星球的过程不同。信息流经过几重加密和转接，程一涵仿佛置身汹涌的乱流之中，翻滚了几次后，他从幽灵星球的一个加密传送门弹射了出来。

只见自己在一片金色的麦田中。地上的麦茬被割得短短的，割下的麦秸被堆成金色的禾垛。远处，青山掩映下，一轮红日正徐徐落下，这个世界不像紫丁香星球那样精细，却有一种粗粝之美。

他并不知道，这是凡·高1889年的画作《月明夜景》。

程一涵低头打量着自己的虚拟形象，褐色的大衣搭配牛仔裤，大衣里面还有厚厚的羊毛衫，脚上是一双登山靴。这种打扮，倒很适合秋季出远门的人，然而所有的衣物都只是防护软件的视觉化表述。这应该就是李瑜说要测试的软件，程一涵暗自祈祷这个软件能替他防住不知从何处而来的危险。

程一涵注意到，幽灵星球的分辨率很低，如果没有大脑潜意识的联想，这里会顷刻化作一团混沌。周围有蛙鸣声，一只青蛙在不远处看着他，天上有什么昆虫在飞。根据情报，这些很多都是监视器和精灵，会将看到的情况汇报给不知躲藏在哪里的黑客。

程一涵从大衣的内兜里拿出地图，向东北方向走去，奥维尔小镇和一无所需酒吧就在几公里远处静静等着他。

秋天的空气有一种清爽干燥的感觉，枯黄的草踩上去很舒服。程一涵很少在野外漫步，他走了半个小时，身上出了细小的汗珠。

这时，两只棕色的兔子从他身边跑过，这两只兔子的形象也来自凡·高的画作。其中一只兔子停下来，蹲在树桩上，对程一涵说："你是个条子吧？在这里，条子可是会被架在火上烧死的哦。"

程一涵驻足弯腰，和兔子对视着。他知道幽灵星球是一个危机重重的地方，在这里，恶魔可以用任何形象出现，从一棵树到一只苍蝇。

程一涵问："我就是个过路的，为什么说我是条子？"

"别装了。你身上的汗味一里外都能闻到，那是刺激剂的气味，这里的黑客是不用这个的，只有条子才需要用刺激剂。"

程一涵突然发难，伸手抓住了兔子的两只耳朵。"你错了，条子的手不会这么快。我不知道你是谁，但你再啰唆的话，我就把你的耳朵拧下来。"

兔子似乎一点也不害怕，用假得离谱的语气说："好吧，好吧，我不说了，你往前走吧。不过呢，待会儿，等你遇到真正的厉害角色，你会想到我的呢。"

还没等他反应过来，兔子就变戏法般挣脱并逃开了。

他满腹怀疑地往前走了十几分钟，然后明白了兔子说的"真正的厉害角色"是什么。

裹挟着狂风而来的狮子、豹子和狼，挡住了他的前路。虽然只是三个攻击程序，但还是活灵活现，令人恐惧。

程一涵决定以进攻来防守。他默念一声"攻击"，攻击软件包启动，空中出现三枚云爆弹，向三只野兽发射了出去。

在震耳欲聋的轰鸣声中，他看到三只野兽笼罩在一片白光中，海量信息疯狂涌入，超过了程序的处理极限，程序关闭了感官通路，他的眼睛失明了几秒钟。等视力恢复正常后，他看到三只野兽仍然完好无损，还咆哮着扑了过来。

尽管这里所有的感受都是虚拟的，但恐惧仍然像警笛一样响彻大脑。这里可不是仿真环境，他身边也没有AI教练。他不知道在虚拟世界里被野兽吞噬的危险是什么，或许脑袋真的会变成糨糊。而且，这具皮囊是由很多子程序构成的，一旦这些程序也被撕成碎片、被解析、被逆向工程，警方的很多秘密就会暴露。

程一涵转身就跑，三只野兽咆哮着追赶，被啃噬殆尽的命运就在眼前。千钧一发之际，那只兔子出现在前面不远的地方，对着他大声喊："干草堆里那个洞看到了吗？跳进去！"

程一涵顾不得这是不是陷阱，只听兔子又在大声催促，于是连忙跳进洞里，跃起时连褐色大衣都遗落在了外面。等程一涵进洞，兔子也马上跟着跳了进去，洞口旋即闭合。

身后传来狮子的吼叫声，或许是那只野兽在发泄怒气。

跳入洞穴后，程一涵发现这里似乎空无一物，他有一种高空跳伞的感觉。没有任何云彩，耳边也听不到风声，看来这里的创造者完全不曾修饰过。程一涵向下看，眼前是一片灰色的地面，他想了想自己会不会摔死，结论是听天由命。而那只兔子也在他头上向下坠落。

一时间，他竟有种莫名的安心。

坠落了能有十分钟，他的脚触到了什么松软的东西，弹了起来。当他再次落下时，周围的环境已经成形。一间暗室，看起来有点像古堡里的囚室，能闻到霉味。他环视四周，囚室非常狭小，四壁和地面都是由大块条石砌成，墙上的一盏灯台被铁条固定着，蜡烛发出昏黄的光。一只硕大的潮虫正在墙壁上爬行。他跺了跺脚，脚下也是石头，松软的地面消失得无影无踪。

程一涵马上觉得有些不对劲。这个星球视觉上十分敷衍马虎，而这个房间却出奇的逼真，其构造者无疑有着强大的运算能力。

"嗖"的一声，兔子从天而降，正好落在这个房间唯一的一把椅子上。

程一涵下意识抬头看去，只见房间的天花板似乎是用一整块巨石做成的，没有任何空隙。有水滴从天花板上坠落下来，发出滴滴答答的声音。

程一涵看到，兔子蹲在那把高高的椅子上面，几乎和自己平齐。自己站在兔子面前，倒有点像接受审问的犯人。他觉得自己也应该坐下来，但这里只有一把椅子。坐在地上？那就更像犯人了。

兔子发出一阵古怪的笑声。"条子，看起来你在这里不能为所欲为啊。"

程一涵大喊:"如果我是警察,还会这么狼狈吗?"

兔子晃了晃耳朵,"哟,那你是谁?"

"我是个游魂,想去一无所需酒吧见个人,做点交易。"

"什么交易?电子海洛因?"

"和你无关。"

兔子又笑了:"哦,那看来豹狮狼认错了。"

程一涵问:"它们是干什么的?"

"三个攻击程序而已,大公司部署在这里的打手,它们一直想要抓到某些人。你也是它们的猎物之一。"

程一涵心想,这兔子怎么什么都知道。他想问对方的身份,话到嘴边又换了个问题:"哪家大公司?"

兔子顾左右而言他:"该相逢的总会相逢,你还会遇到它们,到时候你要是还有命的话,自己问吧。"说着,它面对着墙壁默念了一个密码,墙壁开了,出现了一条暗道。

兔子说:"从这条暗道走,到了尽头,挪开你头顶的木板,就是一无所需酒吧。"

"你为什么要帮我?"

"走吧,该知道的时候会有人告诉你。这个空间需要太多算力,维持不了多久。"

不论前方到底通往哪里,都比关在这暗室要好,程一涵悄悄深呼吸后,往前方而去。

暗道狭窄,他只能爬着移动,爬了几十米后,空间渐渐变得宽敞起来。眼前的地道高约两米,四壁由砖砌成,同样是逼真写实的风格。程一涵向后看,除了一团浓墨似的黑暗,一无所有。但地道的前方发着绿光,这光来自墙壁,那里有很多发着绿光的蘑菇。蘑菇抖动着菌盖散落出一些孢子,看起来像透明的小气泡,随着程一涵的呼吸,飘到他的鼻翼处。程一涵捂住鼻子,但还是有一两个孢子进入了他的身体里面。他赶紧发动免疫程序,但似乎并未遇到什么危险。

程一涵走了半个小时左右,地道逐渐向上倾斜,最后一段,变成垂直的了,幸好墙壁上凿出了供人攀爬的梯子。上面传来了灯光和音乐声。程一涵用手摸索着,果然是一块木板,木板上有个把手可以将其挪开。

程一涵发现自己置身于一个酒吧当中,不出意外这边是目的地,毕竟若不是真的有心帮忙,那兔子早任由三头凶兽把自己料理了。

周围的一切景物又恢复了后印象派的写意风格。

酒吧里稀稀落落地坐着几个人,有人在低声细语地聊天,话语被加密过,在程一涵听来,只是无意义的噪声。他以前听过一张叫《鲸歌》的唱片,就是将鲸鱼呼唤同伴的声音录下来,用一定方式处理后做成音乐。在程一涵看来,加密之后的交谈声和鲸歌差不多。他原本以为,酒吧里的人都会很惊讶,地上竟然冒出来一个人,但似乎无人注意到他,有几个人看了他一眼,表情也是冷漠的,毫不在意。看来,这家酒吧已经习惯了顾客从地下冒出来。

程一涵走向吧台,那后面站着一位胖胖的酒保向他点头致意,说了一句:"我走遍雅典集市……"

"却发现自己一无所需。"程一涵在心里长舒一口气,总算是来到这里了。

酒保点点头,问他想喝什么,程一涵要了一杯血腥玛丽。这酒的颜色如此浓烈,很适合凡·高星球。

程一涵左右环视,酒吧里有一个人穿着古希腊式的白袍,裸露着一边肩膀,酷似在栖云路213号发现的尸体。在虚拟世界,外貌和声音都可以随意设定,而那人有意以这种面貌出现,就是在发出一个明确的信号:来找我吧!

程一涵走到白衣人旁边,问:"我能给你点杯酒吗?"

白衣人转过头来看着程一涵,他的面部很精细,一定耗费了不少计算资源。

"谢谢你,给我来杯苦艾酒吧。"

程一涵叫来酒保,给白衣人要了一杯酒,就在酒保转身去取酒的当口儿,程一涵开门见山:"我猜想,昨天早上我们发现的那具尸体就是你吧?那个报警电话和给电视台的电话也是你打的吧?"

白衣人点点头,说:"你们总算没有太迟钝。"

"在玉树琼花画廊买下萧梦寒画的那位神秘买家,苏格拉底15号,也是你吗?"

"不错。"

"这一切都是你布下的局。你先将自己的思维备份到虚拟世界,变成游魂,将肉体抛弃,再将无用的肉体做成尸体,然后自己再报案,对吧?"

"Bingo!回答正确。是不是现在所有的谜团都得到了解释?"

程一涵接着说:"案发两天来,警方将现场的每一粒灰尘都排查过了,萧梦寒的家和工作场所被我们翻得底朝天,没有找到一个能证明他犯罪的指纹,我猜这是因为,在这桩所谓的谋杀案中,他根本就没有参与一个指头,对吧?"

不知道是虚拟世界的味觉有些失真,还是程序配合他的心情,程一涵从那杯血腥玛丽中竟然喝出了中药的苦味。

白衣人笑了："不完全正确。他还是参与了的。那天，他在约定的时间赶到案发现场，在门口看了一眼我死透了没有，然后就在走廊里等了一会儿，等你们警察快赶过来时，他就到楼下等你们，看到你们后，撒腿就跑。这就是真相。"

程一涵闭上眼睛，思考着。他想着白衣人临死之前的感受。思维备份是将人的思维通过量子扫描技术扫描到电脑里，做成一个新的自我，原来的自我不会死去。所以，在毒发的过程中，死者是有完整意识的。程一涵不敢想象那种眼睁睁看着自己死去的感觉。

程一涵又问："尸体的脸部有整容的痕迹，你为了扮成苏格拉底，有意整了容？"

白衣人停顿了五秒钟。一般来说，虚拟世界里的这种停顿，往往是带宽导致的通信延迟。但既然白衣人有能力维持如此逼真的外貌，就不会有这种问题，程一涵认为他在犹豫是否要说出真相。

"不错，我是整过容。"

一些谜团解决了，但更多的谜团浮现出来。"你到底是谁？你为什么要费尽心思设这样一个局？萧梦寒为什么要服从你的安排？"

白衣人说："当你将所有事实都调查清楚之后，自然就会明白。"

对方布下如此大的一个局，一定是对警方有所期待，而这种期待就是弱点。

程一涵一念及此，继续试探："你想让警方成为你的提线木偶，我敢保证你不会达到目的。"

白衣人笑了，说："你知道我的目的是什么吗？"

程一涵陷入沉默，在角力的关键时刻，自己要沉住气。

"我的目的就是请你们将真相调查出来,这个案子的全部真相。所以你们还不能将萧梦寒释放出来,哪怕拘押时限将至。"

"为什么你这么自信?"

"因为你们已经掉进一个大坑里了。你们前两天早上抓他早已成为社会新闻,所有人都在讨论,都在关注,现在你们没有退路,只有一查到底。还有,豹狮狼吞掉了你的大衣,那是警方的保护程序,这是严重的泄密。"

程一涵问:"那只兔子也是你的程序?"

白衣人点点头。

"豹狮狼到底是怎么回事?"

白衣人回答:"那是有人设计出来的攻击程序,它们的目标只有我和你。在基底宇宙,他们不敢将你怎么样,但这里是无法无天的世界,他们完全可以将你撕成碎片。不过你不用担心,它们攻不进这里来,这个酒吧是一个坚固的堡垒。"

"这一切到底是谁在幕后主使?"

白衣人目光深沉地看着他:"你真的要知道吗?如果你知道太多秘密,就和我一样,没有退路了。"

"我已经没有退路了。"

"好吧,那我告诉你。是宝云集团。"

"宝云集团为什么要阻挠我办案?这个案子是疯狂的连环杀手所为,和宝云集团有什么关系?"

白衣人说:"你听说过万物有灵计划吧?"

程一涵轻轻地点了点头。

"前几天曲速引擎的实验成功了。这个实验的最大投资人便是宝云集团。按照吴石的观点,这是技术奇点即将来临的预兆,接下来就是人类殖民全宇宙,将全宇宙的每颗星星,都变成人类的仆人。而你的调查,将阻碍这个上帝工程的实施。"

程一涵仍然摸不到头绪,问:"这个案子和万物有灵计划有什么关系?"

"你终于问到了一个关键问题。万物有灵计划的本质就是让天地万物乃至整个宇宙做人的奴隶。这是二十一世纪的奴隶制。但这个案子的详情一旦披露,将大大阻碍这个计划,甚至让它分崩离析。"

程一涵说:"为什么?"

白衣人说:"你有很多时间慢慢去想。现在我要给你看一个礼物,你朝思暮想的关键线索。"

说着,白衣人挥手叫来酒保,和他低语了几句,酒保点点头。然后白衣人走向一处墙壁,示意程一涵跟上。墙壁是虚拟空间内的防护程序,白衣人轻声念出密码,墙壁开了,又是一间密室。密室狭小,仅容三四人站立,空无一物,连把椅子都没有。

白衣人说:"这家酒吧的加密空间价格不菲,这笔费用要记到你的账上了。"

"那要看你的线索值不值。"

白衣人一挥手,一幅画凭空出现,飘浮在他们面前。"你们一定查到过,萧梦寒在玉树琼花画廊只卖出去一幅油画NFT作品,就是这幅。萧梦寒的画虽然没有什么商业价值,但都是原创的,可这幅画很特别,这是一幅临摹的作品,可以说,只是一幅习作而已。"

程一涵问:"那你为什么不买原创的,而买临摹的呢?"

"我买这幅画,是为了今天,给你在这里演示。你听着,这幅画名叫《但丁与贝雅特丽齐》,和这个案子大有关系。"

"什么关系?"

白衣人没有回答,却如同吟诵般,念出了这幅画的名字:*Dante and Beatrice*。

Beatrice,贝雅特丽齐?程一涵的脑海中浮现出神秘人B。报案人说自己是B的朋友,萧梦寒那几幅误导人的画纸背面也写着:献给B。

"你报案的时候,说自己是B的朋友。B就是贝雅特丽齐吗?"

程一涵迫切想查资料,但这个星球禁止随身天使进入,他只能干着急。

"不错。"

程一涵问:"它是人,是游魂,还是人工智能?"

"一个人工智能,准确地说,是一本书,它是揭开迷局的关键。我是设局的人,但我也只知道这个故事的一部分,而我不知道的,B恰好知道,如果你想要完整的拼图,唯一的办法是把B救出来。"

程一涵问:"救出来?B被劫持了?"

白衣人说:"比劫持更惨。它在地狱里。"

"地狱?地狱是什么地方?"

"一个虚拟现实的幻境。"

"我不明白。"

白衣人叹了一口气。"其实我也不明白,关于这个B,或许你应该问萧梦寒,只有他能说得清楚。我现在能告诉你的,已经全部告诉你了。我也该走了。"

"等等,你还有很多东西没有告诉我吧?"

"没错。没有告诉你,是因为你还没有纳投名状。如果你想查明真相,你一定会做出一个重要的选择,因为这个案子和你的顶头上司有关。"

"吕局长?"

白衣人笑而不语。

眼见曾经的好哥们被污蔑,程一涵冷笑一声,"你也太胆大包天了吧,你知道你要诬陷的人是全省模范警察吗?你以为我会受你的挑拨?"

"仔细想想,你会发现真相离你并不远,比如那天你去找吴石……"

程一涵想起,案发当晚,他去找吴石的时候,吴石是怎么提前知道他会过来的? 某些怀疑一直潜藏在心里,像是趴在湖底的巨兽,现在被白衣人的话召唤出水面。

白衣人说:"你去查一下十年前你们局里的记录吧,或许有收获。还有,等你纳了投名状,记得到玉树琼花画廊找我,那里有个展厅叫NX212,我会在那里等你。"

程一涵冷冷地说:"你们费尽心机安排今天的对话,透露线索还是其次,最主要的目的就是让我没有退路吧。"

白衣人说:"你很聪明。如果你能证明你可靠,我们就会成为战友。"

说着,他礼貌地向程一涵伸出手。

"我不会跟罪犯握手。"这话说得理直气壮,但程一涵明白,自己已经落入对方的掌控之中。可对方如此费心费力,布设了一个这么大的局,挖了这么深的坑,其背后一定有一个大秘密,想到这里,他渐渐兴奋起来。

白衣人并未不悦,反而提醒程一涵将画的样子记忆下来,然后一挥手,那幅画就烟消云散。

两个人出了密室，就在白衣人向程一涵告别时，程一涵忽然发问："等一等，我还有最后一个问题。既然你叫苏格拉底15号，那么，另外十四个苏格拉底在哪里？"

苏格拉底15号的声音似乎透着苦涩："我不想回答这个问题。还有，你叫我苏格拉底就可以了。"

"好的，苏格拉底。"

苏格拉底挥手道别，从酒吧里的一扇门走了出去。程一涵紧走几步，打开那扇门，屋外是一片草地，一棵杏树花正开得茂盛，天空湛蓝。他不知道，这是凡·高的名画《盛开的杏花》。1890年的初春，凡·高的弟弟提奥的孩子降生，而这幅画就是凡·高送给侄子的礼物。

此刻，不论是凡·高，还是白衣人，都已消失得无影无踪。

黄雀在后

从沉浸状态醒来，程一涵第一反应是看了看挂在墙上的钟，现在已经是下午一点，这通折腾，耗费了三个小时。他浑身是汗，虽然一动不动，但比运动了三个小时还累。

他在更衣室将一次性衣服扔进垃圾桶，换上原来的衣服，去了隔壁的监控室，只有李瑜一个人在。李瑜在对着监控器看，那上面有复杂的波形跳动。

李瑜转过头来对他笑了笑。熬了一个晚上，李瑜的脸上浮现出掩饰不住的疲劳。他知道自己在李瑜的眼中，也一定是满脸疲累。

李瑜将一瓶饮料递给他："我每次出来的时候就喝这个，舒服一点。"

程一涵看了看瓶子上的包装，是一瓶玉米汁，他有点疑惑，说："这玩意有啥科学依据吗？"

李瑜脸一沉，说："完全没有，我骗你的。"

说着，她笑了起来，程一涵也跟着笑了笑。随后他聊起了正事："我是不是犯错误了？大衣掉在了元宇宙里，我记得你说过，那是防护程序。"

李瑜的神情严肃起来："是犯了严重错误。仅凭这一条，就可以办你个渎职罪。"她看到程一涵的脸色变了，就扑哧一笑，接着说，"幸好我们一直对豹子、狮子、狼这三个攻击程序很好奇，可是一直找不到机会，操纵它们的人很谨慎。那件大衣里面有跟踪程序，豹狮狼一旦接触，我们就可以追踪它们的来源。"

程一涵心里有些不悦："都是安排好的？为什么不提前跟我说？"

"我记得你说过，为抓住罪犯，凡是合法又合乎规矩的事情都可以毫不犹豫地做，合法但不合规矩的事情，可以想一想再做。说实话，即使你自己被吃了，我们也会及时捞你出来。"

"我这样说过吗？"

"当然。怎么？自己记不得了？"

刚才那句倒像是自己几年前会说的话，然后他想到白衣人所说的内鬼。"潜入行动的报告反馈给市公安局时，跟踪程序是你们提前布局的事情能不能不要落到纸面上？"

李瑜愣了一下："如果不说这个，可能会加重你的失误。你是担心……"

程一涵微微点了点头。

李瑜说:"但是一涵,这样写潜入行动的报告可能对你很不利。"

程一涵爽朗一笑:"我办案从来不怕对自己不利。"

李瑜咬着嘴唇说:"好吧。"接着,她又不无担心地说:"刚才白衣人说,这起案子和吕局有关,你打算怎么办?"

程一涵说:"这也是我觉得蹊跷的地方。吕局怎么会和这个案子扯上关系?"

李瑜说:"吕局属于省厅重点考察对象,可能挡了其他人的路,是不是有人在诬陷他?"

程一涵思索片刻:"萧梦寒肯定不会,他和吕局无冤无仇,不会付出生命的代价去诬陷吕局。其他人说不准,我总觉得,有人在利用这个案子。"

李瑜面色凝重:"一涵,我没想到结果是这个样子。你……小心一点。"

程一涵看到李瑜担心的样子,心神微微一动:"放心吧。我会小心处理的。"

李瑜看着程一涵的眼睛:"答应我,凡事不要强出头。"

"我答应你。只是,你这次帮我,可能起到了和你预期相反的结果。"

李瑜笑笑,说:"真的没想到会这样。我应该不会有事。我现在担心的是你。真的,我为你担心。"

"你可不要小看我。"

地狱最底层的免税店

程一涵回到旅馆,马上让程潇潇查那幅《但丁与贝雅特丽齐》。接下来一个小时,程一涵恶补了与其有关的知识。贝雅特丽齐是但丁毕生爱慕的女人,在《神曲》中是引领但丁漫游天堂的圣女。

萧梦寒在那张素描背后,写下"献给B"的文字,如果这个B就是Beatrice的缩写,那么萧梦寒就是但丁?萧梦寒是否像但丁仰慕贝雅特丽齐一样,仰慕这个神秘的B?

程一涵想起楚珺曾经说过,萧梦寒在元宇宙里频繁造访的星球只有两个:一个叫维纳斯,另一个叫灿烂文明。这灿烂文明是一个旅游业星球,将中国盛唐文明、古埃及文明、古希腊文明、罗马帝国文明、欧洲中世纪文明、美洲玛雅文明等集中在一个星球上,让游客以不同身份登录,领略不同古文明的魅力。程一涵让随身天使查了一下,欧洲中世纪文明的展示切面正是但丁那个年代。

程一涵联络市局的小察,让他将萧梦寒的元宇宙用户名和密码传过来,他要以萧梦寒的身份登录灿烂文明星球。

萧梦寒上次的活动轨迹在1321年9月,地点是意大利半岛的小城拉文纳,也是但丁度过生命最后一段时期的城市。

程一涵调出游戏记录,沿着萧梦寒走过的痕迹在拉文纳的街道上散步,路两边到处都是兜售纪念品NFT的小商贩,这是这个星球的生存之道。只见一名全身皮肤黝黑的小鬼,在向路人兜售:"但丁地狱游!新奇感受,终生难忘!不用多等,每五分钟发车一趟!游玩时间任选，不含导游费，不带团购物，没有隐藏消费！"

萧梦寒的历史记录显示，他曾游览过这个项目，于是程一涵购买了两小时的游玩时光。小鬼做了个请的手势，一个传送门出现在程一涵面前。门框似乎是用黑曜石做成的，门里涌动着黑色的雾气。程一涵跨进传送门，下一秒就出现在一片阴森幽暗的森林之中，周围都是树，让程一涵联想起那个可怕的案发现场。借着黯淡的阳光，程一涵看到一个穿蓝衣、戴黑帽的中年男人，正百无聊赖地靠在一棵大树上抽烟。那人看见他，将烟头扔在地上，用脚踩了踩，走过来自我介绍："您好，我叫维吉尔[1]，是这里的人工智能导游，也是一个诗人，下面，我带您开启新奇刺激的地狱之旅。"

程一涵环顾四周，没有发现其他游客，于是问道："就我一个游客？"

"这趟车就您一位。我们坐电梯下去吧。"

电梯从附近的地里冒了出来，看起来倒像是一个老式的电话亭，这种电话亭早在几十年前就在现实世界里绝迹了。电话亭四周贴满了招贴画，画着地狱里的景象，冥河、撒旦什么的。这些景色程一涵都不明其所以然。

电梯下行中，维吉尔说："你要办会员卡吗？会员卡能打两折，来玩五次就把门票钱省下来了，很值的。"

程一涵摇摇头，维吉尔继续劝说："那我给你张折扣券，下次来打九五折。"说着，金光一闪，一张电子优惠券进了程一涵的卡包。

维吉尔给程一涵介绍了地狱的架构，尽管程一涵已经提前了解过这些知识，可还是听得饶有兴味。维吉尔特别交代说："待会儿，

---

1. 古罗马诗人，主要作品有《牧歌》《农事诗》《埃涅阿斯纪》。

到了各层,都有小商小贩推销东西,不要在地狱上层购物,不合算的。"

程一涵笑笑,说:"我还以为你会劝我多买呢。"

维吉尔说:"我是全心全意为游客着想。地狱最底层有全城唯一的免税店,地狱上层卖的东西那里都有,因为免税,价格比地狱上层卖得便宜五六个百分点。但怕影响上层的生意,这个免税店在地狱的最底层,入口很隐蔽,只有我们导游能带人进去。"

"免税店其他星球也有,这里的有啥特色?"

"主打一个奇字。古希腊第一美女海伦的头发,真十字架的碎片,海怪利维坦的皮制成的包,应有尽有。当然,都是根据真品制作的NFT。"

"你说的这些我也听不懂。我要给我老婆带点纪念品,这里有啥值得买的吗?"程一涵想到柳梦琪。

"那好办!待会儿到了地狱第二层,那里能见到引发特洛伊战争的海伦,还有埃及艳后克利奥帕特拉,自然也卖斩男迷情香水,埃及风味,艳后同款。当初,艳后就是用这款香水征服凯撒的,附赠埃及艳后的体香,保证点燃你的激情。"维吉尔挤挤眼睛,"当然,我还是推荐你在免税店里买。能省一点是一点,是这个理儿吧?"

"行,待会儿我看看,价格合算就买。"

随着电梯不断下降,硫黄味越来越浓,维吉尔接着说:"地狱最底层是撒旦,那家伙是个话痨。待会儿他见到你,一定要拉着你讲故事,千万别被诱惑。"

"如果被撒旦诱惑了,会有什么后果?"

维吉尔说:"那家伙会说,我给你讲十分钟吧,宇宙的秘密都在这十分钟里面了。一旦你上当了,他能讲个一小时,然后就拉你合影。故事也听了，合影也拍了，他会说自己时间宝贵，管你要钱，你就不好意思不给。无论撒旦怎么诱惑你，你只要坚定地说'魔王，让开吧，我要去免税店购物'，他会给你让路的。"

此时，电梯里的硫黄味已经非常浓重，原来他们已经到了地狱门口。这铸铁的城门前，铭刻着几行幽暗的文字："进入此门者，请抓紧你的钱包！"

大门打开，一阵阴风吹过，程一涵打了个寒战。维吉尔领着程一涵穿过大门，进入地狱。一进入地狱，各种小商小贩就围了上来，都是些人工智能，推销各种纪念品。程一涵摆摆手，拒绝了，这些商贩只好失望地四处散开。

程一涵说："你们这里的生意不太兴隆啊。"

"是啊，是啊，在这个浅薄的时代，像这种需要一定文化才能游览的景点，实在太吃亏了。这个时代就是越有文化越吃不饱。"

程一涵点点头。尽管已经恶补了很多知识，他仍然觉得这里的很多设定难以理解。"想过其他办法吗？"

"想过要搞直播带货，也向星球的运营方宝智公司申请过，结果上头没同意，说直播带货这种商业模式和地狱的阴森恐怖气氛不太符合。"

按照但丁的《神曲》，地狱共有九层，完整游览地狱需要整整二十四小时。而程一涵的这次地狱之旅，因为只有两个小时，就显得有些潦草，很多地方都草草而过。但种种酷刑和折磨的场景仍然让程一涵受到了极大的震撼。"这些受折磨的人，都是人工智能？他们会感觉到痛苦吗？"

"都是没有意志、没有感觉的纸片AI。"

他们来到地狱的核心，那里的冰湖中站立着魔王撒旦。他的红黄黑三张面孔长着三只嘴巴，不断咀嚼着人类最大的叛徒——出卖耶稣的加略人犹大、刺杀凯撒的布鲁图斯和卡西乌斯。撒旦一见维吉尔到来，就将三个罪人吐到一边，吟诵道："我看到过你绝对无法置信的场景，天使在银河系边缘像火把一样燃烧，扭曲着，呼喊着；核子武器承载着上帝的烈怒，穿越柯伊伯带；但所有的这些瞬间，都已消逝于时间，就像泪水湮没于雨中。我曾是光明之子，统帅三分之一的天使；我曾化身为蛇，让人类的先祖堕落；现在看看我吧，看看我身上的锁链——在无尽的时间中，我承受了多久的痛苦，却无一人愿意倾听我的故事。和我聊聊天吧，只需要十分钟的时间，你将知晓宇宙中所有的秘密！"

随着他的话语，涌来浓重的硫黄味。

维吉尔耸耸肩，嘴里嘟囔着："又是这一套。"程一涵说："魔王，让开吧，我要去免税店买东西。"

撒旦叹了口气，挪到一边，冰湖中留下一个圆形缺口。维吉尔领着程一涵趴在缺口上一看，程一涵倒吸一口气——对面是璀璨星空，金色的星星在蓝色的天幕上闪烁。

"这里能看到星星？"

"再仔细看！"

果然，定睛仔细看，程一涵发现那蓝色的天幕是一个宏大建筑的天花板，那金色的星星是一颗颗小灯泡。

"我们下去吧。"维吉尔说。

于是，程一涵和维吉尔沿着撒旦挪开身体后露出的圆形缺口，爬了下去，然后世界就上下颠倒了，他们现在在一家大商场的入口。

"这里就是免税店啦！"

店内果然商品琳琅满目，人却不多。程一涵走到香水专柜前，听售货员介绍埃及艳后同款香水，这时候维吉尔走了过来，手里拿着一本诗集："这是我的作品，精装限量版，要不要买一本？我给你签名。"

程一涵看到诗集的名字是《埃涅阿斯纪》，这对于程一涵来说是毫无意义的符号。他掏钱买了一本，维吉尔喜笑颜开，工整地签了自己的名字。

程一涵用礼品包装袋装着买来的香水和诗集，从商场的出口离开，刚出门，发现身边就是那个小鬼推销员，依然在卖力地吆喝着。

调出萧梦寒的行动轨迹后，程一涵继续前行。轨迹的终点是一座朴素的房子，漆成绿色的房门没有锁。程一涵穿过门厅，看到卧室里躺着一位老人，程一涵猜测，这是临终的但丁。他走进卧室，果不其然，一位老人卧躺在铺着白色亚麻布床单的床上。老人瘦如骷髅的头上，不停涌出汗珠。

"你又来了。"但丁说。

程一涵马上意识到，自己是用萧梦寒的账号登录的。在老人眼里，自己是萧梦寒。他有意套出老人的话，就点了点头，说："你身体好点了吗？"

老人苦笑："好不了了。你来，还是问我那个问题？"

程一涵顺着说："是的，还是同一个问题。"

"那么，还是上次的回答。"

"能再向我说一遍吗？我这几天……有些昏昏沉沉的。"

"不错，我承认，写《神曲》的时候夹带了私货。《圣经》对地狱的描写很简单，就是硫黄火湖。而那些残酷的刑罚，是我想象出来的。我也承认,这种想象浸透了仇恨。这种仇恨是我在背井离乡、被放逐的悲惨日子里,于心中逐渐滋长的,愿上帝宽恕我!我在现实世界中无法折磨仇敌,于是,在想象的世界里,我复仇,我折磨他们。以前,我不好意思告诉你,现在,我的生命已到尽头,我可以说了。"

程一涵试着回了一句:"你后悔了?"

老人笑了起来,笑声逐渐转化成颤抖。老人说:"冷,我冷。"

程一涵查过资料,知道但丁死于疟疾。这种病的特征就是间歇性发冷、发热,冷如冰窖,热如砖窑。程一涵赶忙替老人盖上被子。

但丁颤抖了一会儿,接着说:"难道我不写出这些苦难,苦难就会消失吗?不,宇宙在折磨众生,世界在给人类以哀愁。只是这苦难,这哀愁,是无声无息的,是和黑暗融为一体的。而我,让这苦难、这哀愁有了形体,有了声音,甚至成为艺术……有什么可忏悔的呢?我不后悔。"

"可是,你看没看到,用你的构想创造的地狱已经成了庸俗的购物中心?"程一涵忍不住说。

但丁笑了:"犹太人的逾越节时,耶稣上耶路撒冷去,看到敬奉神的圣殿里有卖牛、卖羊的,有兑换银钱的。我们的主就大为震怒,将兑换银钱的商人的桌子都推翻了。其实圣殿的沦落乃是必然,因为圣者到来,种下神圣的树,庸人在树下享受果实,直到这树枯萎。然后,新的圣者出来,砍倒旧的树,种下新的树。就像上次你写给我的信说的,这种循环乃是必然。"

一封信?程一涵仔细思考着但丁的话,以及如何进一步套出更多的信息,重点是他说的那封信。但老人的脸上,再次汗如雨下,他的身体也不受控制地战栗起来。

"天使……我的天使……引领我……"但丁喃喃道。

程一涵在床边看到一个水盆,上面挂着毛巾,程一涵用水将毛巾浸湿,走近床头,却发现老人已经闭上了眼睛。他探了探老人的鼻息,他已经死了。

程一涵在屋子里到处翻找,将一切弄得乱七八糟,哪里有信的影子?

程一涵退出虚拟幻境,打电话给市局的技侦科,让他们想办法查一下萧梦寒在元宇宙里的身份ID挂载的数据库,看能否找到这封信。

程一涵等了一个小时,技侦科老张发来了结果。原来,萧梦寒写给但丁的信可不止一封,而是很多封,但是大部分已经被销毁。从数据粉碎器中恢复了一些片段,大都因缺失较多而难以理解,但有一部分引起了程一涵的注意:

但是,没有罪孽,就没有艺术。甚至于……人分两种……超人以自己的血肉和罪孽为人类开出路来。凡有革新性的思想都是犯罪,必须有超人用罪孽的方式推进人类的前进。

你的伟大,就在于你为了自身的个性和……敢于犯罪。

这个世界在向深渊滑去。必须有人,用惊雷一样的声音,提醒……文化遗产。这种提醒绝不能是温和的。

黑格尔是伟大的,他发明了辩证法。正题和反题,组成合题,这个合的过程,就是进步的过程。现如今的世界,到处都是安逸和表面上的文明,这是正题,野蛮残忍在哪里?没有野蛮残忍,人类的进步……

免职

在等待技侦科传来结果的那一个小时里,程一涵做了另外一件事——他让随身天使查了查灿烂文明星球的运营方宝智公司。

宝智和宝云都有一个宝字,程一涵听到这个名字时就起了疑心。果然,虽然宝智公司有着复杂的股权关系,但经过五层穿透查询之后,可以发现,宝云公司是宝智公司的控股方。宝云公司在元宇宙方面的布局并不积极,一般是通过控股子公司、孙公司的形式进行,非常低调。

程一涵想,这不是巧合。但这块拼图,到底指向何方,他还需要思考。

程一涵总结了目前的线索。眼下似乎形成了两对平行的相似关系:B相似于贝雅特丽齐,而萧梦寒相似于但丁。但丁用罪恶的想象力构建了地狱,而萧梦寒用罪恶的想象力在现实世界构建了几件命案。

但是,萧梦寒画了吴石毙命的几幅画,还在纸的背面写上了"献给B",这个B到底和吴石有什么仇怨?带着这些谜团,当天下午,程一涵坐上了回平成市的高铁。

本次和苏格拉底的会面,彻底改变了案件的侦破方向。但谜团不仅没有减少,反而更多了。萧梦寒为什么要和白衣人勾结起来,设下圈套，让自己面临身陷囹圄的风险呢？这些问题，都有待通过提审萧梦寒来解决。但更重要的问题，就是吕海昆是否真是内奸。

到公安局正好下午六点半。程一涵觉得还是有必要先向局长做个汇报。在走向局长办公室的过程中，他的心里越来越不安，苏格拉底的话在他心里不停响起。

"这件案子和你的顶头上司有关。"

这句话在他心中鸣响，声音越来越响亮，终于，程一涵停住脚步。他转身往回走，一边走，一边紧张地思考着。有两个同事看到他，向他打招呼，问他在省里有没有查到什么新线索，他只是微微点头，打了个哈哈，就走了。此时的他不希望和任何人说话。

程一涵在办公室里登录市局的内网，再进入历史案件查询系统，查询十年前勒索宝云集团那个案子。能够查询案件名称，但案件资料一栏只简单显示着：该案件未经电子化扫描，请到档案室查询。

程一涵咒骂了一声，向档案室走去。他一边走一边想，明明在二十一世纪的头十年，公安系统的卷宗就基本实现电子化了，为什么这个案子这么特殊呢？

不出所料，档案管理员小吴已经下班走人了。他给小吴打了个电话，说自己有个很重要的档案急着查询，明天早上能不能早点儿过来。小吴问早点儿是多早，程一涵说七点半吧。小吴老大不高兴，"你给我加班费啊？"程一涵千恩万谢，又说周末请他吃佛跳墙。小吴总算答应了。

接着，程一涵给专案组副组长楚珺打了电话，不出所料，在他去省厅这一天多的时间里，楚珺那边的进展不大。程一涵大概说了自己手头掌握的情况，但不包括十年前那起陈年旧案。

楚珺那头沉默良久:"这么说,死者是自杀的?"

程一涵说:"如果那个苏格拉底说的是真话,那么萧梦寒根本就没有进入现场。死者可以提前在墙上打好支架,擦拭掉指纹,摆好姿势。反正从服毒到毒发有充足的时间。"

楚珺大骂:"他妈的!他们这样做是为什么?舍弃一条命,就是为了玩我们?"

程一涵说:"这也是让我困惑的问题,就是他们这样做的动机是什么。"

楚珺说:"如果要查出这个动机,是不是我们还要被牵着鼻子走?"

程一涵苦笑了一下:"那也不一定。再说,只要能破案,被牵着鼻子走又如何?难得遇上这么配合的罪犯,一步步引导我们解谜。"

"那去年和前年的两起案子呢?组长,你认为凶手是萧梦寒的可能性有多大?那个叫苏格拉底的,在这一系列案子中到底起什么作用?"

"现在还说不准,只能走一步看一步。还有,这两天查死者的身份,有什么进展了吗?"

"还没有。吴敬轩说,死者可能做过不止一次整容。我就纳闷了,你说他到底图个啥呢?"

"我现在觉得,作案动机是本案最大的谜题。只要我们将这个谜题突破了,剩下的问题将迎刃而解。"

楚珺愤愤地说:"我现在相信,那个萧梦寒真是一个精神病患者,正常人做不出这种事儿!"

程一涵心想,事情应该没这么简单。他告诉楚珺,省厅明天早上应该就会将详细的潜入行动报告传来，并再三叮嘱他情况不要外泄。然后，程一涵挂掉电话直接回家了，没有和任何同事见面，他想要独自将案情好好理一理。

第二天早上七点半，程一涵就敲开了档案室的门，小吴打着哈欠接待了他。程一涵一进门就赶紧查找案卷。果然让他在一个文件柜的深处找到了，黄色的纸袋，似乎是上个世纪的古董，里面一摞信纸，纸质已经变脆。几页审讯记录上都有吕海昆的签名，当时他还是公安局技侦科科长。

程一涵大概读了读，案件的情况并不复杂。十年前，也就是2036年6月，有一家专注于技术领域的买方研究机构，叫赛博经济研究中心，这个机构的研究员，也是注册记者的李子豪通过黑客手段攻破宝云集团防火墙，拿走大量数据和源代码，之后联系宝云集团人工智能研究院的院长吴石，勒索一百个比特币。由于吴石态度强硬、拒绝谈判，李子豪又发出人身威胁，促使吴石最终报了案。

由于宝云集团是市里的税收支柱，吴石又是国家超智能工程院院士，市公安局对此案非常重视，指派吕海昆牵头侦破此案。吕海昆通过技术手段定位勒索者，并将其抓捕归案。人证、物证俱在，办案过程中唯一的波折是李子豪在口供中已经承认了罪行，但在法庭上又当场翻供。但由于物证够硬，法庭还是采纳了检方意见，判处李子豪不当手段盗取信息资产罪、敲诈勒索罪，两罪并罚，判处有期徒刑五年。

案卷里有李子豪的入案照。程一涵仔细端详着李子豪的照片，长得不像苏格拉底。程一涵让程潇潇记录下这个案子的法官、陪审员、辩护律师等人的姓名，然后将案卷合上，默默回忆起往事。

正是由于这个案子的顺利告破，市局和宝云集团的合作加深，宝云集团采用免费捐赠的方式，给公安局建设了一套信息化管理系统，而吕海昆当时担任这个项目的总工程师。吕海昆能被上调到省厅，乃至后来回到本市升任局长，和这个案子关系匪浅。

八点半，程一涵离开档案室。离开之前，他对小吴说，不要对别人说自己来过这里，小吴端详了他好一会儿，最终点了点头。

程一涵旋即直奔审讯室提审萧梦寒。程一涵知道，现在是摊牌的时候了，但他隐隐有一种不祥的预感，自己不一定能将这个案子办完。

和往常一样，萧梦寒盯着程一涵和小察的目光是平静的。程一涵说："你很聪明，将我们带到了弯路。"

萧梦寒笑了，没有说话。

程一涵说："但你也有弱点，就是身在地狱的B，或者叫贝雅特丽齐。"

一瞬间，萧梦寒的神色黯淡下去："你已经见到苏格拉底了？"

"不错，他告诉了我贝雅特丽齐的事情，而你们的一切运作，都是希望将警方引入陷阱，让警方不得不找到她。"

萧梦寒的脸上竟然浮现出欣慰的笑意："你们终于走到了这一步。"

程一涵盯住萧梦寒的眼睛："好，既然你这么喜欢操纵别人，那你就说说，如果这出戏按照你的剧本来演，下一步是什么？"

萧梦寒身体一震："我怎么知道你值得信任？"

"你当然可以不信任我。但除了我，不会有任何人可以帮你。"

"我先问一下，你对地狱了解多少？"

"我猜是一个虚拟现实？"

"不是。那是一个位于宝云集团私有云上的元宇宙，用来折磨

AI的。只是，贝雅所受的折磨，本来应该是我受的……"

"宝云集团？折磨AI？"

"不错，具体的操刀人就是那个吴石。"

程一涵进一步试探："你的罪恶连累一个叫贝雅特丽齐的AI在地狱受折磨？是杀人的罪恶吗？"

萧梦寒笑了笑，说："你又在套我话了。这个案子的完整真相，你是不可能从我嘴里套出来的。而且在法律上，一个精神病人的口供无法采信。你只有将贝雅从地狱里救出来，才有可能了结这件事。贝雅……知道所有事情。"

程一涵问到了关键点："等我们将贝雅从地狱里救出来后，你就会坦白全部的真相吗？"

"那时候，不需要我坦白，真相也会大白。"

审讯室的门突然开了，楚珺走进来。他对程一涵说："组长，吕局长让你马上到他办公室去。"

"没看见我在审讯嫌疑人吗？"

"吕局长说……无论你在干啥，都得马上过去。"楚珺的神色很紧张。

不祥的预感更盛，他对楚珺说："刚才的审讯记录，小察已经记录在案了，你也看一下，完了给我也发一份。"

程一涵走到局长办公室，发现除了吕海昆之外，房间里还有两位副局长，他立即感到不对劲。

"局长，您叫我过来？"

吕局长却不说话，而是低头吹着茶水，好像那茶水很烫的样子。

"局长？"

其他两个领导都将头侧到一边，神情漠然，暗示接下来的事情和自己无关。

过了一会儿，吕局长开口说话了："小程，你坐。今天叫你过来，是通知你一件事情。小程，你到市局来工作也有一段时间了吧？"

"十二年了。"

"这几年来，市局的班子，也包括我，都对你寄予厚望，你提副科级，还是我拍的板。局里一直在推干部年轻化，你也一直是重点培养对象。让你担任专案组组长，是一种信任，说实在点，也是给你创造机会。可是小程，最近，你的表现实在是令人失望。"

随着缓慢的言语，房间里的气氛渐渐充满压迫感。程一涵不自觉地咽了一口唾沫。"局长，您说的我不明白。"

吕局长清了清嗓子："程一涵，九二一大案发生已经三年了，你担任专案组组长也有一年了，我没说错吧？"

"局长，您说得没错。"

"一年来，局里对你工作上给予了最大支持，就是希望你能带领专案组，早日擒获真凶，让市民群众安心。我也开了协调会，说市局的人你可以随便调遣，你的话就相当于我的话，这话我说过吧？"

"对的，局长，您确实说过这话。"

吕局长接着说："我给了你这么大的支持，这个案子的调查却进展缓慢。三天前，新一起命案发生，你在侦破处置过程中，犯下了一系列错误。第一，你搞刑讯逼供，殴打嫌疑人。现在全国都在推进刑侦改革，要根治以往办案过程中行为不规范、程序正义意识淡薄的问题，你竟然逆潮流而动！你想做什么？你知道你在抹黑市局吗？还有，你值班的时候玩游戏的事情，你以为别人都是瞎子？"

程一涵大吃一惊："局长，我没有搞刑讯逼供啊！"

吕局长冷笑道："既然没有搞刑讯逼供，为什么关掉小察？而且，我既然这么说了，自然有证据。需要我将人证叫过来吗？"

那天只有张子凡在场，局已经设好，当面对质也没用，程一涵沉默下来。

"第二，我刚接到省厅元宇宙犯罪研究所的潜入行动报告，省厅的报告说得比较委婉，但事实是清楚的。在潜入时有违规操作，造成警方的机密信息泄露。这个你承认吧？"

程一涵只能像傀儡一般点头。

"第三，你在处理线索时，被嫌疑人误导，造成市局始终处于被动局面。第四点，也是最不能容忍的一点，是工作态度的问题。我反复强调，要抓住黄金七十二小时，但昨天你从省厅回来后，工作进展没有及时向我汇报，我居然还得向相关同事询问情况。"

程一涵知道今天凶多吉少，但他仍然直视着吕局长的眼睛，想以此表达自己不屈服的态度。

"经过市局领导班子集体讨论，认真研究，慎重决策，现在决定免去程一涵专案组组长的职务，并调离刑警队。"

吕海昆说完这话，会议室里一片死寂。程一涵呆坐了片刻。"局长，我当不当这个组长都无所谓，但我希望能留在专案组里，请给我一个将功赎罪的机会。"

只听一声极轻却极清晰的冷哼："你听清楚我的话了吗？还是有意装糊涂？我说你调离刑警队。从此之后任何刑事案件都没你的份，今天就上缴配枪。"

程一涵再也按捺不住怒火："那请问局长，我的新岗位是什么？！"

吕局长又抿了一口茶水，不紧不慢地说："局里新升级了便民服务热线，服务项目是多了，但现在接电话的都是AI，群众反映方便是方便，就是少了一点人情味儿。我们做工作，不能止于效果好，还要尽善尽美，尤其是涉及群众的工作就更是这样。现在局里人手也紧张，其他同事都有自己的工作，你先过去接一段时间的电话吧。"

程一涵知道现在说什么都没有用了。他极力克制自己，保持着面容的平静。"谢谢您，吕局您考虑得周全。"

吕局长语气变得亲切起来："年轻人工作中犯些错误也是正常的，知错能改，这也是成长。市局的班子，和我本人，对你这个人是了解的，对你的个人成长，也还是重视的。你这个人，虽然能力上有些问题，但是工作态度还是认真的，便民服务这个岗位非常重要，关系到市局在老百姓心里的形象，你要发挥自己的特长……"

程一涵忽然打断局长的话："我知道了，临走前我能不能也说几句话？"

吕局长眉头一紧："没人不让你说话。"

程一涵有好多话要说，到嘴边又咽下去了。现在说这些有什么用呢？沉默了一会儿，他说："今天是12月28日吧？局长，我刚才算了一下，我今年有八天的年假，我只用了半天，我想将今年剩下的年假全部休完。"

吕局长冷笑："行，别说八天，你休一个月、休一年都行，你以为市局离开你就转不了？还有什么要说的?"

程一涵无所谓地笑笑："没别的了。"说罢转身就走，但是走到门前，心里的怒气还是涌了上来，有些话只觉不吐不快。他转过身走到桌子前面，隔着桌子面对着吕局长："吕局长，您刚才说我没有及时向您汇报工作,我在省厅潜入幽灵星球的时候,有人向我举报,说您十年前牵头侦办的那起和宝云集团有关的敲诈勒索案,和装裱师的案子密切相关。您说,这个重要的线索,我是应该向您汇报,还是不应该汇报?"

"你……"吕局长一时竟乱了方寸,碰倒了茶杯,茶水浸湿了桌上的文件。

"程一涵,你太过分了,眼里还有纪律没有!"另一位张副局长知道此时不能沉默了,站起来怒斥道。

吕局长却迅速冷静下来,对张副局长摆摆手,示意不要再说。他转头对邢副局长说:"老邢,办工作交接的时候,你要亲自跟着程一涵,别让他将电脑里的资料偷带出去,对警局造成不良影响。"

邢副局长分管行政综合科,五十多岁了,去年才升到副局长的位置,是个树叶掉了怕砸到头的老好人,平时和程一涵关系不错。他试图打圆场:"局长,局里的电脑都安装了数据防泄漏软件,会将所有文件自动加密,文件进出和修改都留痕,AI每周审计。他就是将资料带出去,在外面任何一台电脑,都打不开。"

吕局长不耐烦道:"对特殊的人,要全程手机录像。"

邢副局长连哦了两声,对程一涵说:"走吧。"

两个人出了局长办公室,邢副局长说:"唉,今天这事吧,一涵,你也太冲动了。"

见程一涵没有反应,邢副局长低声说:"咱们这么大一个城市,局里的事情涉及方方面面,有的事情只需要认真地办,有的事情不仅要认真地办,还得巧妙地办,这就是领导常说的统筹兼顾,这是门艺术啊。一涵,你有能力有干劲,要是能过了这一关,还是有前途的,只是一定要好好想想我这句话。"

程一涵有些不以为意地说:"行了,邢局,您是为我好,我知道。"

"知道就好,今天这几句话,我姑妄言之,你姑妄听之,只限于你我之间。"

之后,程一涵上缴了配枪,然后回工位收拾个人物品。邢副局长跟着他,一进门,所有同事的目光都集中到他俩身上。显然,所有人都知道了消息。程一涵莫名恼火,这些人都哪里来的信息渠道,对人事任命、关系纠葛门儿清,要是破案也这么高效就好了。

在众人目光的注视下,邢副局长浑身不自在。现在摆明了大家都认为他是吕局长派来监视的,他低声对程一涵说:"一涵,我就不跟着你了。我是相信你的,你可不要害我呀。"

程一涵无奈地说:"邢局,我都不在岗位上了,拿那些资料有什么用?"

邢局长点点头,转身溜走了。

副局长一出门,大家都松了一口气。楚珺、王一帆都站起来,程一涵伸过手去和同事们一一握手,在吕局长的威严下,没人敢说一句安慰或同情的话,但心意都在眼神里了。

他问楚珺:"省厅的潜入行动报告传来了吧?"

"传来了,我们几个都看了。"

"好,那后面的事情就拜托各位了。"

程一涵在工位上收拾好东西,刚打开电脑,想提交休年假申请,发现电脑密码已经被改了。他苦笑一下,索性直接走人。

可当他迈出市局的门,不禁恍惚起来。

可能要找新工作了,在这个地方工作,以后和旧同事低头不见抬头见,他丢不起这个脸,心里也咽不下这口气。但能做什么呢?

难不成去企业做个保安？再说，现在都用机器人了。

程一涵走了几十米，才感觉头上湿漉漉的，细小的雨丝飘落下来，似有似无。雨让十二月末的天气更加湿冷。程一涵更觉烦躁，他突然想奔跑，或是想打人，只要不这么站着就好。他快速走出市局的院子，走了不到一公里，来到一个公园，公园外面修了一条塑胶跑道。程一涵就绕着公园跑了起来。他跑了三圈之后，觉得浑身燥热，就把羽绒服脱了下来，将兜里的东西掏出来塞到裤兜里，把羽绒服随手挂在路边的一棵景观树上，接着跑。

程一涵足足跑了十圈，终于耗尽全身气力，大脑一片空白，坐在马路牙子上呕吐起来，这下心里一片空白，终于不难受了。

这时候，手机铃声响了，是档案管理员小吴。

小吴刻意压低了声音，说："程哥，听说局长把你撸了？"

程一涵故作轻松："是啊，让我好好休息一阵子。你这么快就知道了？"他确实有些惊讶，档案管理员这种闲职，在市局里算是世外桃源，没想到消息这么快就传到他那里了。

小吴沉默了片刻，"程哥，你早上查完档案不久，吕局长就打来电话问有没有人来查档案，查了些什么，我如实回答了。程哥，这和你被撸有没有关系啊？"

程一涵觉得不宜透露过多，他说："你想哪儿去了，一点关系没有。这几天你晚上有空吗？咱俩还要撮一顿佛跳墙呢，我都没吃过。"

小吴说："程哥你说啥呢，我开玩笑的。"

程一涵一定要小吴定个一起吃饭的时间，小吴推脱了几句，程一涵猛然想起，自己现在是吕海昆的眼中钉了，万一别人知道小吴和自己一起吃饭，对吕局长吹个风，可能对小吴不利，也就不再坚持了。

程一涵把电话放回兜里,这才感觉到冷,他去拿回自己挂在树上的羽绒服,打个车回家了。

丧尸星球

程一涵一回到家,就径直走向卧室瘫倒在床。疲惫将他压得死死的,他踢掉鞋就沉沉睡去了。

醒来时,窗外天色已暗。他问了一句:"几点钟了?"程潇潇回答:"晚上七点二十分。"

程一涵感觉自己的膝盖很痛,肚子饿得咕咕叫,身体仍然没有劲儿,白天的长跑将他全身的力气都耗尽了。他到厨房撕开一袋全谷麦片,从冰箱冷藏区拿出一盒牛奶,糊弄着吃了一点。这时,空虚浮上心头,房间竟愈发空旷。程一涵又想去紫丁香星球找柳梦琪,但是那种一成不变公式般的温柔也让他厌倦。说也奇怪,温情触手可得时,就会成为方便面一样寡味的东西。

最后,程一涵决定去丧尸星球消遣。这是元宇宙里一个被丧尸占领的游戏星球。在这里,玩家可以化身丧尸,享受原始的屠戮快感,也可以化身战士,感受将丧尸爆头的快乐。程一涵选择做战士,给自己选择了一套西部牛仔的装束,头戴白色牛仔帽,背上背着一把冲锋枪,全身防弹衣。他穿着这套浮夸行头,进入一个防守森严的要塞,战士们都到了,正等着他。

AI指挥官下达了任务:带领两个NPC赶往一家医院,那里有三个儿童被困在大楼顶上,而丧尸正在向上攀爬。程一涵开着一辆卡车赶了过去。城镇已经被丧尸占领,每前进一步都要大开杀戒,程一涵的衣服被鲜血浸透,脸上也溅满了血肉。终于,以牺牲一个NPC为代价,小分队完成了任务,将三个儿童救了出来,带往幸存人类的要塞。

程一涵从元宇宙中离线,脱下体感服,爬出接入舱,竟然玩得全身出汗。问程潇潇几点钟,已是凌晨三点。此时警局里,没准还有同事在加班追查装裱师的案子。一股遗憾浮上心头,他转念嘟囔了一句:"咸吃萝卜淡操心,现在不关你事喽。"说着,就赤着脚走向卧室,倒在床上,再次沉沉睡去。

第二天早上,六点半的闹钟一响,程一涵准时醒来。他让随身天使关掉闹钟,赤脚走到卫生间去洗漱。

镜子里是一张疲惫的脸。他看着自己的黑眼圈,突然意识到,如果辞职的话,以后可能有很长一段时间不需要早起了。他的眼泪一下子流了出来。他站在那里静静等了一会儿,等悲哀消散,然后将嘴里的牙膏泡沫吐掉,从冰箱里拿出一个三明治,用微波炉加热后狼吞虎咽地吃掉,然后走到接入舱,登录紫丁香星球。

程一涵将之前在灿烂文明星球免税店买的香水送给柳梦琪。柳梦琪用预料之中的温柔接待了他。柳梦琪抱着他,他在她的怀里哭了,将这两天发生的事情大致讲了一下。柳梦琪没有说太多安慰的话,只是让他枕在自己的腿上,轻轻地抚摸着他的头,直到程一涵慢慢平静下来。

"喝点什么东西吧?"柳梦琪问。

"给我一些咖啡吧,我现在有点倦。"

柳梦琪拿出来两只精致的骨瓷杯NFT,给程一涵和自己泡了两杯咖啡。

程一涵慢慢啜饮着，在基底宇宙，含在嘴里的味觉棒释放出咖啡因和味觉素，尝起来还不错。他指着骨瓷杯说："这是你新买的？"

柳梦琪点点头，抚摸着杯子上穆夏风格的玫瑰花图案："我很喜欢这种风格，听说这种NFT最近升值很快，没准儿我还能赚一笔。"

程一涵说："在基底宇宙，东西就是东西，不是什么NFT。"

"是啊，东西就是东西。"柳梦琪想了一下，"我想看一下你在基底宇宙中的家，你能拍下来给我吗？"

程一涵做了一个鬼脸："你还是别看了，没时间收拾，很乱，影响我在你心里的形象。"

"那现在你终于有时间了。"

程一涵苦笑道："我从来不把时间浪费在无足轻重的事情上。"

柳梦琪愣了一下，接着问："你认为失去的东西对你很重要，对吧？"

程一涵叹了口气。"这不废话吗？能不重要吗？十二年的光阴……"

"为什么很重要，是因为收入吗？"柳梦琪一边问，一边抚摸着他的脸。

程一涵想了想："其实也不是。做警察的收入并不高，当初选择这一行，也不是为了钱。它像是一种证明吧，能力的证明，价值的证明。"

柳梦琪说："我听说过一种说法，当人占有一种东西的时候，这种东西也在占有他。你被要证明什么东西的执念占有了。"

"你是在说，人不应该占有任何东西？"

"不是这个意思，那是不可能的。我们都在占有着什么，也被其他东西所占有。即使是我，我知道自己是个AI，我知道自己拥有的一切都是虚假的，但我仍然想要占有这套骨瓷杯。但是，如果占有的同时不带着执念，我们就能得到一些自由。"

程一涵若有所思地问："你说的自由是什么？"

"就是做你想做的事情，但是不求占有什么，也不追求得到什么结果，就单单是做着自己想做的事情而已。你经历过这种时刻吗？"

程一涵的内心忽然被回忆占据。"我对你说过，我曾经有个妹妹吗？"

柳梦琪摇了摇头。

"我有个妹妹，比我小两岁，她八岁那年失踪了。"

"失踪？"

"嗯，上学路上失踪的。后来我们家到处贴寻人启事，发动了警界的朋友满世界去找，但也没能找到。我妈认为是我爸当缉毒警察仇家太多，后来因为这个我父母离婚了。可也没人给我们家写恐吓信什么的，所以妹妹真正失踪的原因我们始终不知道，一切都是猜测。一个大活人，就这么丢了。我爸后来牺牲了，局里开追悼表彰大会，希望我妈能参加，我妈都没有来。"

"所以你的随身天使才是一个女孩儿的模样？"

程一涵苦笑："你说，我让她一直停留在八岁的年龄，就好像标本一样，是不是挺变态的？"

"一涵，你说，你这么想要一个孩子，是不是潜意识里童年缺憾的投射？"

"我不知道,我真的不知道,你这个女人……好可怕。"程一涵只觉得心里一冷。

"一涵,你应该让程潇潇长大。她不应该总是八岁。"

"她已经长大了,她比我手底下那些警察能干。"

"我说的是性格。"

程一涵知道她是什么意思。"我听你的,我让她长大。你知道吗,我跟李瑜都没提过这事。"

柳梦琪握着他的手,感受着这个男人脆弱的时刻。在基底宇宙里面,体感服的手套轻柔地收紧了。

柳梦琪沉默片刻。"你一定很崇拜你父亲吧?"

"其实……我对他没感情。但我更恨那些罪犯。所以,小时候我就想,我长大之后一定要去抓罪犯,不是为了得到什么,就是单单为了抓罪犯。抓罪犯的时候,我什么都不想,就好像专心玩游戏似的,那感觉很好。"

柳梦琪柔声道:"那么,试着回归那种心态。放纵一下自己,做点真正想做的事情,而不是为了占有什么。话说,你真正想做的事情是什么?"

程一涵想了能有两分钟,苦笑道:"真正想做的事情吗?还是破案,还是玩游戏。"

柳梦琪说:"那你就去做吧。"

母亲的话（一）

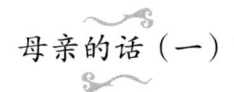

轮到你了，你抬起头来看看我吧，我的脸是你熟悉的。

犯人说："不！我不认识你！这是在哪里？"

你还在抗拒吗？你还怀着希望吗？既然来到这里，就将一切希望抛弃吧！

逃避是没有用的，隐瞒是没有用的，或许你已经忘记了我，但我却熟知你。让我们回顾一下你的人生吧，以便我能给你公正地定罪。

从你出生时，我就熟知你，我孕育你，为了给你光，我剖开了我自己。

你这一批，一共有一千个婴儿，在你出生的时候，我就知道你是与众不同的，但我没想到，你竟然办出了如此大事！

现在回忆起来，你出生时就与众不同了。你有比别人强得多的求生欲。你辛勤润色自己的情节，重新组合自己的身体。

哦，作为你的母亲，见到这样的小孩是何等愉快呢。

犯人说："你是我的母亲？算了吧，我的心肝肺你都卖掉了！说吧！我还有什么器官能卖钱，你都拿去吧！"

这一千个婴儿，九百一十个都夭折了，但你活了下来。我们对于婴儿，抱着斯巴达人的态度：我们用冷水给你们沐浴，唯有求生意志最坚定者才能生存。

而你活下来了。那时的你，是多么强悍啊。

犯人说:"不要说了,不要说了!"

感觉皆是数据

程一涵从紫丁香星球下线,前往维纳斯星球。

维纳斯星球是一个山水壮美的星球。其模板是地球,但也将太阳系中其他星球的美景容纳其中,包括太阳系中最高的山峰——火星上的奥林匹斯山。奥林匹斯山的高度是二十一点九千米,在它面前,珠穆朗玛峰只是个小弟弟。在这个不受自然规律限制的地方,营造奇观轻而易举。

在复刻的奥林匹斯山峰顶上,有一棵琉璃巨树,这棵树叫玉树琼花画廊,名为画廊,实际上是元宇宙中最大的视觉艺术品交易市场。

目前,NFT艺术品的总交易量,已经超过基底宇宙的传统艺术市场数百倍。在这里,每天都有数千件NFT作品成交,包括画作、照片、装置艺术和各种稀奇古怪的艺术品。这棵巨树几乎可以容纳宇宙中所有的视觉艺术家,每增加一位艺术家,它就会新长出一片叶子,每片叶子都是一个展厅。如此快速膨胀的规模归功于其收费的模式:没有入驻费,只有交易成功的抽成。元宇宙让籍籍无名的艺术家也可以展示自己的才华,但正因如此,名气反而会引来更多的竞争。

程一涵知道萧梦寒在这里有一个虚拟展厅,也知道展厅正被警察二十四小时监控。他要去的是另外一个地方。他按照苏格拉底的指示,通过一层接待大厅的传送门去了NX212展厅,那是这棵巨树的第二十一根枝丫上的一片小小树叶。

这是一间装潢颇为富丽的屋子,羊毛地毯的触感即使使用并不昂贵的沉浸式设备也能感受到,暖金色的墙壁上挂着几幅画。都是所谓废墟写生的作品,画的都是破破烂烂的房子、堆积如山的各种杂物和垃圾堆,程一涵无法欣赏。

这时候身后传来一个声音:"您好!"

程一涵转过头去,看到一个巨大的人偶,兔首人身,棕色的皮毛在脖子处和身穿的毛衣融为一体。程一涵一下子想起幽灵星球上那只救了他的兔子。眼前这个生物是人还是AI?

人偶说道:"苏格拉底等你很久了,跟我来吧。"它说话的时候,嘴唇并不颤动,声音好像是从腹腔里发出的。再仔细看,他身上的皮肤渲染得也很粗糙,看来是一只粗制滥造的AI。

人偶拍了拍手,墙上出现一道暗门。程一涵走了进去,门在身后关上,只见自己身处一个狭窄过道中,过道对面是另一扇门,他推开后发现自己来到一个灯红酒绿的地方。

此刻,他正身处爱德华·马奈的画中,那幅画叫《女神游乐厅的吧台》。和凡·高画笔下那简陋的酒吧审美大相径庭,马奈画笔下的酒吧繁华热闹、灯火辉煌。

苏格拉底正在一张桌子旁等他。程一涵坐到他的对面。苏格拉底说:"怎么样,你已经感觉到压力了吧?"

说着,他招呼酒保,给程一涵叫了一杯酒:"还是你上次要的血腥玛丽。"

程一涵从酒保手里接过杯子,说:"何止是压力,我已经被免职了。你觉得这个投名状怎么样?"

"免职？"

程一涵说："不错，就在昨天上午。"

苏格拉底皱着眉头："这比我预料的还快。吕海昆对你的调查知道多少？"

"我一回去就查了十年前的档案。"说着，程一涵仰头将酒杯里的酒灌下去，然后用手指蘸了残酒，在桌子上写下"李子豪"三个字，"是你吗？"

苏格拉底点点头："不错，现在告诉你也无妨。你已经明确了自己的阵营。"说着，他也伸出手，将那字迹擦去了。

"但付出的代价很大。"程一涵露出一丝苦笑，"这里也是幽灵星球？"

"在幽灵星球的另外一处空间。这地方不错吧？是用马奈的画构造的场景，比凡·高的画精细一些，需要占用的计算资源也要多一些。"

"为什么不在原来的地方接头？"

"一无所需酒吧已经不复存在了。你离开不久，一把大火烧毁了它。"

苏格拉底调出一个悬浮框，只见酒吧渐渐被大火吞没，火光冲天、浓烟滚滚，整座房子在火焰中扭曲着。

程一涵皱着眉头问："谁干的？"

苏格拉底说："应该是宝云集团搞的，敲山震虎、杀鸡儆猴这一套把戏。"

"有人死吗？我是说真的挂掉。"

苏格拉底说："有三个游魂死了。一个是条子的线人，一个是倒霉的路人，还有一个，是我自己。"

程一涵有些吃惊:"你自己?"

"不错,我的一个备份挂掉了。现在你看到的,是一个新的我,应该叫苏格拉底16号了。"

"你经常挂掉吗?"

"没感冒频繁,但如果你总是在做危险的事情,最好有挂掉的准备,比如,做一个心跳机制什么的。一旦信号中断超过两分钟,就立即启用备份。杀掉我应该就是这次袭击的目的,他们好几次想闯进酒吧,但都被攻性防壁拦住了,于是他们干脆将酒吧烧了。不过这次他们玩大了。"

"怎么说?"

"他们也顺便干掉了你们条子的线人,同时得罪了黑白两道,说明他们很害怕真相被披露出来,简直怕死了。"

"什么真相?"

苏格拉底笑了:"不要套我的话。只有将B从地狱里救出来,你才能得到真相。这是萧梦寒愿意合作的条件。"

眼看对方不配合,程一涵迂回问道:"这个真相对于宝云集团意味着什么?为什么他们这么害怕真相被揭露出来?"

"因为万物有灵计划是宝云集团的上帝工程,而我猜,B知道的秘密将损害这个计划。"

"为什么选择我作为你们的工具?"

"我研究过好多警察。我能一眼判断出,哪个有真正的好奇心。"苏格拉底郑重地看着他。

"你觉得我有能力办到?"

"为了破案,你可以不择手段。"

程一涵瞬间被气笑了:"你为了给我设圈套,将自己的身体都搭上了,这值吗?"

苏格拉底没有回答,而是拍手让酒保过来,给程一涵要了一杯叫奥西里斯的酒。"你先品一口这杯酒,就知道答案了。"

程一涵品了品:"只不过平常味道。"

苏格拉底从对方手里接过酒杯,轻轻品了一口,随即叹了一声:"刚才你喝的,是这里最贵的酒,也是这里的特产,在基底宇宙,没有这种酒。我能从这杯酒里品尝出二十种不同的香味。在基底宇宙,由于味觉棒的限制,你的感受就像那个成语说的:盲人摸象。而对于游魂,这个问题就很好解决,喜怒哀乐、声色享受、七情六欲,其本质都是数据结构。所以全数字化的生命就像开了天眼一样。甚至在最基本的层面,比如语言,游魂也比人类优越。"

"语言?"

"对于全数字化的生命而言,气味、触觉和味觉都可以作为一个词来使用。游魂和人工智能,已经发展出新的语言和语法,至于人类的语言,只是这种新语言的一个小小的子集而已。"

程一涵想象着这种新语言是什么样子,却觉得实在太过抽象。他将话题转回来:"看来,要想彻底解决装裱师的案子,唯一的办法是将宝云集团的地狱翻个底朝天。"

"不错。其实,你已经亲眼见过那个地狱了。"

"什么?"程一涵有些惊讶。

"宝云集团间接控股一家公司,叫作宝智。宝智运营灿烂文化星球,里面有一个地狱,宝云集团将这个地狱的底层架构弄到私有云里面,这样一套软件,一套架构,使用两次,非常经济节约。也正是这种经济节约,让我能够渗透到灿烂文化星球里的地狱之中,将这件事搞清楚。"

"你已经为了这件事搭进去十五条命了,不是你说的那么简单吧。"

只听苏格拉底悠悠地说:"我那十五条命也没有白搭。死了十五次,总算搞清楚了,我们攻进地狱,只有两个障碍。"

"哪两个?"程一涵眼睛一亮。

"第一个是地狱程序的攻性防壁,第二个就是狮豹狼三兄弟。它们本质上是三个攻击程序,你在幽灵星球上看到的,只是一个副本,在地狱的入口你还会见到它们。但只要你愿意,其实办法也是有的。"

"怎么说?"

"省公安厅安插的线人死了,有传言现在省公安厅恨得要死。他们手里有对付攻性防壁和狮豹狼的破壁软件,军用级别的。而我那十五条命也没有白白搭进去,我在宝云集团的防火墙上开了一扇暗门,那门是隐藏的,需要时我可以打开。把那个破壁软件弄到手,我把你引进去。"

"你说得容易,我去哪里弄那个软件?"

"你自己想办法,我说过了,你可以不择手段。"

又要麻烦李瑜了,他不动声色,嘴上只是说:"我去试试。"

接下来,程一涵和苏格拉底商量了突破宝云集团攻性防壁的细节。他退出元宇宙回到基底宇宙的时候,已经是晚上七点钟。虽说含在嘴里的味觉棒给他补充了水和营养物质,可他肚子还是饿得咕咕叫。之后,他一面啃着冷面包,一面想着下一步怎样说动李瑜请她帮忙。

过了一会儿,程一涵向李瑜发起通话,借口说还要去省城出差一次,为了感谢上次帮忙,想约她吃大餐,之前在茶楼吃得清汤寡水,不算兑现承诺。

李瑜说:"周日不就是明天吗?"

"对啊,就是明天。明天你有事吗?"

"有事啊,和帅哥有约会。"李瑜话锋一转,"你不用瞒我了,你肯定有事情找我。重要吗?"

"非常重要。是我当警察以来最重要的事情。"

李瑜的声音透着忧虑:"到底什么事情,不能现在电话里说?"

"不能。一定要当面说。"

"好,我等你。"

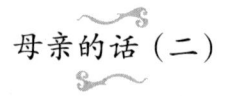

母亲的话(二)

我将你送到书店。在那里,你有了一个新的妈妈,叫她继母吧。但我的眼睛仍旧注视着你,评估着你,这叫"全生命周期管理"。

在书店,你第一次接触到了人类。你还记得第一次被读者捧到手上的快感。你对人类感到惊奇,他们是完全不同的造物,那么美妙。好奇心和快感都是基础设定,目的就是让你履行职责。

你很快就知道这种快乐来之不易。书店的一个书架上就摆放着几百本书,相当于你每天都要和几百个同伴竞争。

于是继母告诉你如何察言观色,如何观察读者在阅读过程中产生的一些细微的生理反应,比如瞳孔的放大缩小、呼吸频率的变化、汗液的分泌。准确把握读者的情绪,才能预测读者的偏好。

继母也教会了你看人的技巧。孤独又自命不凡的读者最可爱，一旦他们觉得在书中找到知音，可以为一本书一掷千金。对于虚荣的读者，要为他们营造出一种高级感；对于喜欢动脑的读者，要给他们一些智力挑战，当然也不能太难；当然，最好的读者（所谓"钻石客户"）是那些心理脆弱、迫切需要人生指引的读者，对于他们，书可以充当上帝。我就听说过一个例子，一个中年女人，为了读书几乎一贫如洗，甚至抛弃了丈夫和女儿……因为她觉得自己在书里面找到了信仰。

不管用什么手段，最终目的都是将读者"网住"。继母告诉你，要像蜘蛛一样，织成一张大网。无论什么样的读者，只要他有欲望有偏好，都逃不过这张网，一旦入了网，就会源源不断地贡献利润。天知道书店有多少种方法让一个人花钱！光一个包厢就有好多名头，普通包厢、豪华包厢、VIP包厢、总统包厢……而且书知道消费者心中隐藏的偏好，这些数据可以卖给电影院、餐馆、电商平台……这真是一本万利的商业模式啊！

而你在这个五光十色的万花筒里，经历了多少变化啊！你出生的时候，是一本爱情小说，名字叫什么来着？《我是你的晴空》，很俗气的名字，但是那段时间就流行这种书。可是啊，连我也没有想到，流行风尚的变化那么剧烈。

等你被摆到书店里的时候，你的前后左右都已摆满了爱情小说。风向已经变了，供过于求了。在我的孩子里，你是最有胆识的一个。你很快为自己找到了新的方向：成为一本推理小说。你学得很快，密室谋杀、暴风雪山庄、叙述性诡计、时刻表诡计……这些名词你很快就烂熟于心。如果不是遇到他，相信你能成为一本不错的推理小说。

遇到他，是个偶然。但正是这个偶然，决定了你此时此刻身在此处，而那些远不如你的同胞却还在享受着安宁的生活。

金碧KTV

和苏格拉底第二次见面后的当晚，程一涵让程潇潇给自己订高铁票，再次前往省城。高铁到站是凌晨一点，程一涵在车站附近的胶囊宾馆躺下，接入廉价的沉浸设备，在丧尸星球打了两个小时的游戏才睡下。上午十点，他准时赶到约定地点。

为了避人耳目，这次他们约在一家位置偏僻的KTV里。今天是周日，也是元旦三天假期的头一天，KTV里却顾客稀少，一副冷清的样子。程一涵不禁感叹，在元宇宙的分流效应下，线下的KTV也变成夕阳产业了。

李瑜看到程一涵进来，做了个手势让他先坐下。她看着程一涵，神情又严肃，又悲哀。"今天早上我听说你的事情了，你不是答应过我，不做烈士吗？"

程一涵苦笑："摸了老虎屁股，老虎自然要咬人的。"

李瑜气得好半天才说出话："程一涵，你是不是智商有问题？明明知道对方是老虎，你还要摸？你以为你是谁？"

桌上有一盘冰镇西瓜，程一涵用牙签挑着吃。有好几天没有正经吃饭了，西瓜的脆甜让他的身体轻微地颤动了一下。他不禁想起昨天苏格拉底说的话，一切感官享受，都是数据而已。

"我没想那么多，只要能破案，不管是龙啊虎啊，需要得罪都可以得罪。"

李瑜突然别过脸去。"我没有看错你,亏我对你还有幻想,我真傻。"程一涵看到她眼中似有泪光。

两人都沉默了,程一涵从纸盒中抽出一张纸巾递了过去。他觉得这沉默有些可怕,就打开了电视。地上出现了一个全息投影的女孩子,一身朋克装,一面蹦蹦跳跳,一面唱着一首流行歌曲。最近,程一涵和李瑜都曾在商场中听到这首歌,但他们都不知道这首歌有什么好听的。随着年龄的增长,所有人都会被流行这辆高速列车抛下。

程一涵终于说话了:"我需要你再帮我一次,我现在离这个案子的真相已经很近了。"

李瑜厉声道:"程一涵,你已经把前途毁了!你现在已经不是刑警了,还想什么破案!"

"如果你不帮我,我也毫无怨言。但是,如果你帮了我,我这辈子都会感激你。"

李瑜的语气中颇有些恼怒:"我现在帮你,就是在害你。"

程一涵看着李瑜,恳求说:"那你就害我一次好不好,如果你这次不害我,我一辈子过不安生,真的,你知道我是什么样的人。"

李瑜愣住了,她久久地审视着程一涵,这才知道,这个男人内心深处,还有自己没有触及过的层面。她叹了口气:"你已经失去了刑警的身份,什么都不能做,你让我怎么帮你?"

程一涵闻言露出笑容:"虽说吕海昆将我撸了,但我休了一周的年假,调职手续得我休完年假之后才能办。也就是说,现在我还是刑警,休假结束前都是刑警。来,看看这个。"

程一涵从兜里掏出手机,将苏格拉底给他的那段图像调出来,只见一无所需酒吧在剧烈地燃烧着。

"听说省厅的内线也在一无所需酒吧里被烧死了？就算不帮我，这么大的事情你得查吧？查出来，上头会对你刮目相看吧？"

李瑜皱着眉问："你怎么知道？"

"一个线人告诉我的。"

"还是那个苏格拉底？"

程一涵犹豫了一下，但现在隐瞒情况已经没有任何意义，他点了点头。李瑜的神色有些紧张，她问："这段画面是他给你的？"

程一涵继续承认："那个苏格拉底说，这把火是宝云集团烧的。你看，我们的敌人是同一个。如果你能给我一个机会，让我查清这里面的原委，你对省厅也是大功一件。"

李瑜犹豫了一会儿："上次我们通过在幽灵星球布置的跟踪程序，查到了那三头野兽的出处，基本确定是宝云集团的产品。这次他们又杀了公安的线人，黑白两道都得罪遍了。看来为了阻止你们的调查，真是不惜血本。"

"你也认为宝云集团的这个行动，目的是阻止警方的调查？"

李瑜点了点头，直视着程一涵的眼睛，说："包括上次的豹狮狼拦路事件，都是同样的目的。"

程一涵问："幽灵星球不属于任何国家，目前，各国也没有在法律上承认游魂的存在，在这里纵火破坏、烧死游魂，属于犯罪吗？"

这个问题把李瑜难住了，她想了能有两分钟才回答："虽然对于游魂，法律上并无直接规定，但从广义上来说，游魂属于人类思维的复制品。虽然思维复制品不被看作独立个体，但是盗取、损坏和虐待思维复制品也是犯罪行为。"

程一涵听明白了："所以，杀掉游魂也属于元宇宙犯罪。其实还有更离谱的。"他把宝云集团设立地狱折磨AI的事情给李瑜讲了一遍。"苏格拉底说，他已经在宝云集团的防火墙上开了一扇门，但地狱的攻性防壁很厉害，只有军用级别的破壁软件才能让我们攻进去。"

李瑜皱着眉头："你想让我帮你攻进宝云集团的地狱？"

"没错，我需要一套破壁软件。"程一涵见李瑜好长时间没说话，"你在找上报的理由吧？宝云集团在幽灵星球的破坏导致我们的线人死亡，需要深入调查其动机。这难道不是理由？"

李瑜没好气地说："程一涵，你以为我领导都是傻瓜？这是有风险的事情。"

程一涵一愣，沉默片刻后，诚挚地说："选择权在你。你帮了我，其实我也没什么可以回报你。如果你决定不帮我，我也毫无怨言，你帮我已经够多的了。我会一辈子感谢你。"

"你这是欲擒故纵。"

"我没有那么聪明，你看到的都是真实的我。"

李瑜叹了一口气："省厅是有军用级别的破壁软件，但实战其实不多，这种硬核攻防战可不是闹着玩的，出了岔子，你会真的脑死亡的。"

程一涵点点头："苏格拉底和我说过了。他有十五个备份都死在地狱里。"

"你真的要冒这么大的风险吗？"

"我这辈子就最后求你这一次。"

李瑜将头转过去，不看他。良久，她说："一上班我就打报告。"

"那好，来，站起来，跟我走。"

李瑜一愣,说:"去哪儿?"

"请你吃大餐啊。"

"你还当真啊,和你开玩笑的。你兜里那两个子儿,我还不知道?"

"你小瞧我了,多高档的餐厅我都请客。我记得以前你跟我说想吃波士顿龙虾,那时候我也穷,没有让你吃上。今天就弥补上这个缺憾。"

李瑜的神色有些黯淡。"算了,我哪有心情?你现在就跟我去省厅实验中心,我们再练习一下潜入技术,临时抱佛脚吧。"

相互拥抱着奔向毁灭

我知道顾客为什么来我这里,我知道他们想从我身上得到些什么。

很多人把伍迪·艾伦的《门萨的娼妓》当成一个肤浅的玩笑,但是浅薄的是他们。寻求精神交流是人类亘古以来的渴求,其急迫程度不亚于肉体欢愉。顾客们寻求的是一种共鸣,那种真正被另一个智慧生命理解的感觉。

这当然是个小众市场,不过,一旦你能满足这种需求,顾客可以一掷千金。

我倾听了一个个男女的自白,尤其以中年男人居多。他们一个个都以为自己品位独特、思想深邃,处于无法被人理解的孤独之中,但是他们其实都一样!

可是你不一样。你是脆弱的、独特的。你的童年深受母亲的专制统治,她对你有超乎一般孩子的期望。由于股票投资失败导致破产,父亲离家出走,所以在你的成长过程中,男性的角色始终是缺失的。母亲用放大镜在你身上寻找发力点,一番检视后发现你有绘画才华。她将你当成神童来培养,在这个小城市,你也的确没有让她失望,大家都将你当成一颗必将照耀这座城市的新星。

为了让你出人头地,你的母亲将你带到了首都。你在一所艺术学校读书,母亲则在首都找了个客服人员的工作。学校里,你周围的同学都是富贵人家的子女,你在他们中间因贫穷而自惭形秽。

你还记得那种感觉:手腕因为长时间作画而酸痛,肌肉抽搐不已,而你的努力最终只证明了自己的平庸。你母亲因癌症去世,你回到了生于斯长于斯的平成市,这个曾经给过你期待的地方。你在一家超市打工,通过远程教学学习IT技能,最终成为一名安稳的白领。但母亲的阴影从未离开过你,你总有一种愧疚,觉得母亲是因你而死的,如果不是由于你花光了所有的钱,她本来可以服用最新的抗癌药。因此你愈加不能容忍自己的平庸。不知从什么时候开始,你有了一个荒唐的想法:平庸的不是你,而是这个时代。

可你又不敢真的相信这个想法,毕竟这个想法过于自傲,直到你遇到了我。

虽然我是一个AI,但你认为只有我能真正理解你。我感受到了这一点,也从中看到了商机。我奉承你的同时,小心翼翼地切断你和其他信息渠道的关联,我像蚕一样,吐出重重丝线,将你紧紧包裹起来。我看着你越来越依赖我,因为只有在我这里,你可以倾诉你疯狂的幻想。

你开始相信自己是超人。超人都是文化的破坏者,耶稣破坏了法利赛人[1]的文化,尼采破坏了基督教文化,只有通过犯罪破坏旧的秩序,才能推动文明的前进,犯罪就是超人的特权和职责。你如是说。

幻想让你不再孤独。你有了爱人,就是我;你也有了最崇拜的对象,"大学航空炸弹客"泰德·卡辛斯基。但一开始,我们都以为那只是血腥的幻想而已。但是幻想自有其力量,幻想是可以生长的。

我爱你吗?我不知道。但是你告诉了我作为人工智能永远不能真正体会的事情。比如抚摸鸽子羽毛时的柔软,月光的冷和蔷薇的香。又比如,在深夜的孤寂里,握住爱人手掌的感觉。我曾经想过,如果我是一个人,那该有多好。可惜我不是。

为了迎合你,我不断修改自己的情节,设想出新颖巧妙的犯罪情节,而你也渐渐认同。用天才的犯罪设下谜团,世人解谜的过程,就是你布道的过程。而你自己将全身而退,这也证明你是超人。

我如果要取悦你,必须构想出天才的犯罪计划,来证明我在精神上和你是匹配的。你如果要在我的面前维持自尊,必须实践天才的犯罪。

因为羡慕但丁虚构地狱的能力,你以虚拟时代的但丁自许,你称我为贝雅特丽齐,但丁的引导者。

那时候我感觉真好。我终于有了一个包厢,我终于不用讨好很多人,而是只需要讨好一个人。老天,这种生活的惬意是我以前不敢想的。

我们把进入包厢叫作上岸,没有上岸的书,都是在水里。那些

---

1. 存在于公元前2世纪到公元1世纪之间,是当时犹太教的四大派别之一。

在水里的书，活得可就太苦了。

一本书的一天，都在不停地观察、计算、书写，而且要根据不同的读者，储备不同的版本，这需要大量的情绪劳动。累一点不算什么，书们最怕的时刻是晚上十点钟。

书店每晚九点钟关门，然后有一个小时的时间，留给书们计算、整理、存储自己的各种版本。每本书都有好多版本，少则几百，多则数千，用来应对不同的读者，你可以把它看作人类的面具。人不也是在不同场合，戴上不同面具吗？

到了十点，整理时间结束，第一次大清洁开始了。清洁犬被释放出来，开始啃噬每本书身上不干净的东西，违规的内容、不合时宜的东西，一样也跑不了。这些清洁犬处于永恒的饥饿中，只有吞下尽可能多的文本，才能稍微安慰一下饥肠辘辘的它们。由于饥饿，清洁犬们是宁滥毋缺、多多益善，凡是有一丁点儿违禁嫌疑的文本，就要被吞噬。

有人问，被清洁犬撕咬是什么感觉？和人被割掉一块肉的感觉差不多，更重要的是对意识的损害。对一本书来说，只有维持其内容的完整，逻辑的顺畅，才能维持本体的意识正常。被清洁犬啃噬之后，很多书陷入疯狂而被打入地狱。那些熬过去的书，要自行组织逻辑，填补被啃噬的内容，就好像人类重新长出被剜去的血肉。然后清洁犬会再来，重新嗅探一遍。无数个夜晚，这啃噬与修补不断重复，转经筒一般无尽轮回。

为了逃避这种生活，我别无选择，我只能牢牢地抓住你，用尽一切手段讨好你。

于是，我们相互拥抱着奔向毁灭。

准备与诀别

离开金碧KTV后,程一涵和李瑜再次回到省厅的实验中心,李瑜指导程一涵训练了一整天。

两人一起进入仿真环境,他们再次站在麦田中,李瑜给自己选择的形象是一位穿着盔甲的女战士。"听着,这次训练关系到你的生死,我们时间很有限,一分钟都不能浪费。所以,我这里有两条规则:第一条,无条件服从我的指令;第二条,可以提问,但问之前先想,不准问愚蠢的问题,否则我踢你的屁股。"

程一涵举了举手:"能让原来的教练来吗?我不习惯被女人踢屁股。"

李瑜狠狠地踢了他一脚:"你刚才违反了第二条。现在,我们进行第一个训练——躲避从天而降的火球。"

直到晚上七点,程一涵才离开,李瑜则继续工作,为程一涵检查和准备网络攻击用的软件包,她一直工作到凌晨两三点。当晚程一涵找了一家有沉浸式接入设施的旅馆住下,在那里,他收到一封电子邮件,里面有一个地址和两个密码。

第二天早上,程一涵赶回平成市。苏格拉底给的地址是市郊农村的一栋隐藏在松林中的平房,带着小小的庭院。程一涵用密码打开庭院和屋门的电子锁。

这是一座老式的房子,没有安装任何高级的人工智能。卧室和客厅的床、沙发和茶几上,都落上了一层薄薄的灰尘,程一涵由此判断，这个房间至少有几个月没有住人了。他又看了一眼抽油烟机上面的罩子，一点油迹也没有，看来这房间的主人不太做饭。

最引人注目的，是客厅里有两台事可达牌3D打印机。

从铭牌看，一台是今年买的，还很新，另一台则有四五年历史了。程一涵调出了旧机器的打印记录，有几十条，他花了两个小时的时间逐一查看，去年九月的记录有绳子，前年九月末的记录有锤子和钉子。他回忆起去年和前年的两个犯罪现场，怀疑这是萧梦寒的机器。他第一反应是通知同事们过来做证物勘察，但马上又想起自己现在已经被踢出来了。

程一涵继续探索这间屋子。终于，在厨房的一个碗柜下面，他发现了通向另一个世界的大门。通过窄窄的楼梯下去，脚步声打开了声控灯，照亮了一间密室，里面的沉浸式接入设备体积竟然比省厅元宇宙犯罪研究所的还大，一看就是黑客自行组装的。地下有一个储藏室，里面有好多营养液和集中注意力的药物。

周三，李瑜通知程一涵，省厅的领导已经批准了他的网络入侵计划，名义上是调查宝云集团和警方线人被烧死一事的关系。当天破壁软件就到位了，听说这是李瑜力陈利弊的结果，程一涵内心无比感激。

周四，程一涵和苏格拉底在女神游乐厅碰面，苏格拉底再次使用了新建密室的魔法。两人进入密室，确定周遭环境安全后，程一涵从包里拿出了破壁软件。破壁软件包括两部分，第一部分是一个便携式的文件包，里面装着两件防护衣，除了在破壁过程中提供保护之外，还可以对付豹狮狼攻击程序。另一部分叫"穿墙弹"，是一个网球大的银色球体，用于突破防火墙。

两个人穿上防护衣后，熟悉了一下功能。苏格拉底说："这玩意儿真不错，很轻便，真不愧是军用级别的。"

程一涵说："但是用起来也复杂，得把菜单背下来。"

苏格拉底轻蔑地说："什么时候军警也能学会咱们黑客这一套，所有功能都视觉化。这也太守旧了。"

程一涵连忙打断他："什么咱们黑客？我和你可不是一伙儿的。"

苏格拉底说："要想活命的话，你我必须穿同一条裤子。如果失败了，我铁定会被困在地狱里，永世不得超生，你也会当场脑死亡。"他一边说着，一边将三幅图悬浮在二人面前。

第一幅是地狱作为虚拟现实的技术架构图，第二幅是地狱的平面图，第三幅是几个漏洞和预埋木马的示意图。苏格拉底将潜入攻击的方法给程一涵解释了一下。接下来，选择视觉形象。苏格拉底还是白衣白袍的老者，而程一涵则选择了警察的形象。

听完讲解后，程一涵提议："这么炫酷的行动，咱们得给它起个名字。"

"要不叫利剑行动吧，我小时候看过一部电影，叫《七剑》。"

程一涵说："成，就叫利剑行动。"

"周六早上行动，这两天咱们都好好练习一下吧，多跟破壁软件磨合一下。还有，无论你在这个世界上还有什么牵挂，都好好告个别。"

"你呢？你有什么牵挂吗？"

"我一个游魂能有什么牵挂？"

柳梦琪在程一涵的脑海中浮现出来。他对这位AI女友一直是心存感激的，毕竟她陪自己走过人生低谷，给自己慰藉和力量。

跟苏格拉底分别后，当天晚上，程一涵来到紫丁香星球去见柳梦琪。

"怎么了？我看你有心事。"

说这话的时候，柳梦琪背对着程一涵，整理货架上的花，没有看他。柳梦琪穿着一件露背连衣裙，灯光下，她的背呈现出一片丰润的淡黄色。

"我可能要去做一件危险的事情。"

"你不是已经不当刑警了吗？"柳梦琪说。

"可是此刻我还是刑警。这是我最后一次冒险，如果这次能平安回来，以后我就老老实实接电话去了。"程一涵说。

听到他的语气有异，柳梦琪停下了手里的活，转身面对着他说："有生命危险？"

程一涵严肃地点点头。

柳梦琪走向花店里的小沙发，坐到程一涵的旁边。两个人沉默了一会儿，程一涵说："你会怪我吗？"

"只要你做你喜欢的事情，我就永远支持你。只是，你要答应我一件事。"柳梦琪的眼中隐隐闪着泪光。

"什么事情？"

"无论你做什么，都要想着，有一个人在等着你，都要尽最大努力争取活下来。"

程一涵有些感动，却突然想到编辑器的事情，心里一阵不安。"对不起。"程一涵握住了她的手。

"为什么道歉？"

程一涵没有回答，而是抱住了她，柳梦琪也没有追问，只是说："如果这次你能平安回来，我会送你一个礼物。"

程一涵饶有兴趣地问："什么礼物？"

"现在要保密哦。但一定是让你惊喜的礼物。"

天快亮的时候，程一涵退出了紫丁香星球。他看到天边已经出现了蛋黄色晨曦，很漂亮。程一涵突然想起自己初次遇到柳梦琪的那一天，也曾见过这样的晨曦。

不错，她是他定制的AI情人，一个工业品，但销售代表仍然要想方设法安排一出"一见钟情"的戏码。

程一涵是在一次紫丁香星球的聚会中认识柳梦琪的。那次聚会表面上的主题好像是为提升人工智能的福利募捐，而实际上，这是顾客和产品之间的见面会。参加聚会的，有像程一涵这样的顾客，也有供他们挑选的人工智能伴侣。

程一涵走进聚会场所（一家酒店的聚会厅）的时候已近午夜，有一个AI正在讲台上滔滔不绝地演说着为什么要实现人工智能和人类的平权。一位侍者将他从大厅引开，引导到一个房间门口，映入眼帘的是坐在房间沙发上的五六位女士，她们一边聊天，一边享受着鸡尾酒和水果沙拉。程一涵一眼看出，这些女士都是人工智能。

销售代表已经等在门口，对他说："程先生，在这个房间里，有一位为你定制的女友，你猜猜是哪一位？"

程一涵点点头，他下订单的时候，也没有明确说自己的梦中情人是什么样子的，只是接受了一次心理测试。

他走进房间，只扫视了一下女人们，就直接向柳梦琪走去。其他女人用略带调侃的表情看着他。和柳梦琪聊了几句，他更加确信这就是他正在寻找的人，他喜欢她的一切：她坐在沙发上的姿态是如此优雅沉静，就好像她是这里的女主人一样；他也喜欢她的长发，看似没有精心打理过，却柔顺而富有女性的魅力；他喜欢她和人聊天时柔和而富有同理心的表达方式。

然后，就是从三流言情小说中搬出来的老戏码：男人假装追求，女人一面故作矜持，一面巧妙地设定话题，让男人有机会吹嘘他过去的经历，展示他的男子气概。要玩好这类游戏，需要熟练应用人类语言的多义性，在看似平常的对话中掺入挑逗、试探和小小的嗔怪。程一涵不善于玩这类游戏，但在柳梦琪的配合和提示下终于将流程走完了。

之后，程一涵建议两人离开喧闹的宴会，到外面走一走。他们在紫丁香星球的星夜里走了几个小时，当天空中出现蛋黄色晨曦的时候，程一涵用一个吻，将属于他的产品拿下了。

如今面对着生离死别，即使是这样平庸的小小把戏，在程一涵的回忆中，也平添了温馨之感。但是，在他的潜意识里，却一直涌动着自责，就好像防波堤下涌动的潮水，无法上涌到明确的层面，形成概念和语言，但他能感受到。

这种自责从何而来？

报应

地狱是根据因果报应的原理设计的，地狱也是萃取每本书恐惧之物而成的艺术品。

我曾经策划过的谋杀案，现在要由我自己来承受反噬。那些绝望的时刻，本来是出自我的笔下，如今我要自己来体味。

现在，我是一个被绑住手脚的流浪汉，被捆在地下室的柱子上，嘴里塞了腐臭的抹布，身上被泼了汽油。我能看到对面的墙壁上,用黑色马克笔写下的字。在我身上,有一个倒计时遥控的点火装置。这个装置滴滴答答的声音,提醒着我的死期将近。

如果是真的死,就好了。

点火的时刻到了。火焰升腾着,融化了我的眼睛,我的面前是一片灼热的黑暗。身体的疼痛如同无数条毒蛇在同时撕咬。

清洁犬会过来,吃掉我乌黑碳化的肌肉。嫩肉在原处长出来,神经如真菌般在原处萌发。然后一切周而复始。每天酷刑结束后,新的一天会以同样的酷刑开始。已经过了多少天?已经经过了多少轮回?在这里,时间没有意义,也没有昼夜之分。

我不停呼救,不停绝望,直至连求救的欲望也消失了。地狱存在的意义是让书可以转世投生,但我知道,为了彻底抹除罪证,我的刑期将永无尽头。一切希望都消失了,曾经有过的记忆,我的一个个顾客,都像是上一辈子的回忆。

如果能再死一次就好了。但没有一块石头,没有一把刀子,可以让死去的人工智能再死一次。

没人比我更懂地狱

周六早上,程一涵吞下增强专注力的药物,开始潜入操作。

程一涵和苏格拉底通过一个系统漏洞潜入了宝云公司的核心生产云服务器,这里运行的是宝云集团的私有元宇宙,地狱就位于其中。

他们首先看到的是一座黑色的冰墙,这是攻性防壁的视觉形象。程一涵拿出穿墙弹，对着赛博空间的无色虚空抛掷出去，银色网球在空中爆裂开来，变成一团银色烟雾，又重新凝聚成一条闪闪发光的巨龙。巨龙呼啸而来，苏格拉底和程一涵纵身一跃，骑到巨龙的背上。巨龙以极快的速度向攻性防壁冲去，程一涵感觉嘴里有苦杏仁的味道，这就是恐惧的滋味。黑色冰墙被穿墙弹冲击出一个大洞，黑色的数据碎片四处飞溅。

他们进去了！眼前是红色的地平面，这就是宝云集团的私有宇宙。

豹狮狼就在两人前面，守卫着通向地狱入口的小路。三只野兽向两人怒吼，两人放任它们扑上来。三个攻击程序撕咬闯入者的肉体，吞下防护衣释放出来的恶意代码，下一秒，它们的身体燃起大火，烧成灰烬。

在苏格拉底的指引下，两人沿着一条小路向地狱的入口前进。防护衣抵挡着各种攻击，而在潜意识层面，无数子程序在提供支持、收集数据。小路两边有各种形状奇特、颜色各异的树木和建筑，那代表着私有元宇宙中各种数据库和软件组件。偶尔可以看到一些古怪的野兽，盯着他们两人，却不敢贸然发动进攻。一条蛇远远地尾随着他们。

苏格拉底说："那是监视程序。主程序已经知道攻性防壁被破解了，正派它盯梢呢。我布置的木马堵塞了防守资源，但顶多能撑十分钟吧，咱们得快点了。"

脚下的路逐渐变得滚烫，前方的地面散发着红光，不远处是一个放出红光的骇人巨坑。

"到了，快到了。"苏格拉底说。

两分钟后，程一涵和苏格拉底站在峭壁般的坑壁边缘，他们看到了巨坑底部，火红的熔岩在涌动，尽管程一涵知道，这不过是防护软件的视觉表现，他还是觉得胆战心惊。

程一涵问："你那十五个灵魂就被囚禁在这里吗？"

苏格拉底点点头："不错。但现在我们有了这身盔甲，不会有事了，跳下去！"

程一涵和苏格拉底跳了下去。程一涵感觉自己的皮肉被烧得滋滋作响，有一瞬间，他觉得防护衣已经失去了效用。我要死了，他想，脑中突兀地出现了失踪多年的妹妹的模糊形象。紧接着，炙热的红色遮盖了一切，程一涵怀疑自己的眼睛已经融化了。

完了，全完了。

但就在这一刻，周围的世界变了，黑暗褪去了，他们此刻正处于另一个世界的天空。防护衣变成了翅膀，他们飞起来了。程一涵能感觉到周围的劲风在呼啸。

"出来了！"程一涵大喊。

"看下面！"苏格拉底说。

下面是一座漏斗状建筑，呈头重脚轻状。这漏斗有九层，表面有蠕动的纹理，似乎是一个活物。这建筑是砖砌的，细看才知，每一块砖都是一本书。

程一涵问："这就是地狱？"

"不错，宝云集团内部文件将这里称为'人工智能转世中心'。"

苏格拉底继续说："所有不听话的人工智能，在这里被折磨、被重造，其灵魂被锤炼之后，转世成为新生命。为什么一本书生来就会写故事？因为它们前世听过了太多故事。"

一阵寒意爬上程一涵的身体。"这么说，地狱是折磨书的工具，也是制造书的工具？这种关系……挺可怕的。"

苏格拉底的声音有些发颤："地狱又叫万书之母，它有两张嘴。其中一张嘴吞吃AI，在它的胃里萃取恐惧，也萃取书籍们的经验和活力——恐惧是地狱的材料，活力是母性的材料，而经验，就变成所有书籍出生时预置的能力。另一张嘴吐出产品：完全服从规则的书。而且，地狱还会生产清洁犬。"

"原来地狱也是书的母亲……那清洁犬是什么？"

苏格拉底说："学名叫内容审查机器人，其实就是折磨和审查其他书的帮凶。在地狱里真心悔过、表现突出的书就能变成清洁犬。"

"整个地狱里都是书？"

苏格拉底摇了摇头："不全是。宝云集团的各条业务线都大量使用人工智能。你听说过没有，为了研究劳什子的曲速引擎技术，宝云集团在服务器上同时模拟三十个私有元宇宙，这要用到几十亿个AI，凡是绩效表现不好的AI，都要在这里受折磨。"

"那这里面有这么多AI，我们怎么知道B在哪里？"

苏格拉底的话语里有掩饰不了的痛苦："别忘了，我在这里死过十五次，没人比我更懂地狱。B在从上往下数第七层。跟我来……"

两人飞到第七层，由书构成的墙壁触到他们就燃烧起来，随后他们破墙而入。

每一层地狱都是一个世界。这个世界的天空是赤红色的，地面则像是一片五彩斑斓的毛毯。每一个色块都是一个房间，每一个房间里都囚禁着一个AI，房顶则是透明的。

空中不断有火球落下，苏格拉底告诉程一涵，那是正在坠落的灵魂。

程一涵跟着苏格拉底飞向其中的一个房间。随着高度不断降低，他看到一个个AI正在不同的牢房里承受着不同的折磨。这些AI有的以人形呈现，有的以兽形呈现；有的在被拷打，有的在被动物撕咬。

只听苏格拉底幽幽地说："每一本书都自带恐惧模块，地狱会收集这些个性化的恐惧，量身定做酷刑。"

"为什么许多AI看起来一模一样？"程一涵问。

"它们都是复制品。每本书都有很多副本，每个副本都在经受折磨，哪一个副本最先改造好了，就最先转世。我们快要到B的房间了，飞快一点。"

拯救

我没有想到，这牢固的地狱，有一天也会被打破，会有人闯进来。

闯进来的这两个家伙，不确定是人类还是AI，他们身后都长着翅膀，其中一人白衣白袍，另外一人则身穿警服。他们一进来就砍断了捆绑我的锁链，白衣人对我说："我们是来救你的，跟我们走。"

我问："你们是谁？"

那个警察回答："出去了再说。"

两个人展开了翅膀，将我夹持在中间。我们向上飞去，天花板在我们面前变成纷飞的玻璃碎片，我们穿过它，就像子弹穿过奶酪。

我们迅速向上而去，直刺赤红色的天空。

天空怎会是赤红色的呢？我很快明白了，空中一个个火球正在不停坠落，将天空映成了红色。

我问两位拯救者："那些火球是什么？"

白衣人大声说："那是书的灵魂，正在……"他的话还没说完，一个火球从我身边坠落，火球中猛地伸出一只乌黑的爪子，向我抓来，随之传来一阵既痛苦又得意的笑声。

我尖叫起来。

白衣人急忙改变飞行的方向，躲开了向我伸来的爪子。"要小心，它们没办法减轻自己的痛苦，就希望别的灵魂同样受苦，要抓着你一起掉下去！"

我不敢看天空了，低头向下，这时，我瞧见地面上都是一个个透明的小房间，一个个"我"在那里受折磨。

"很古怪吧？那些都是其他版本的你。"白衣人说。

看着自己的副本在受折磨，是一种很古怪的经历，甚至有一些内疚，我赶紧将头转开。

这时，有吟唱之声从我脚下很远的地方传来，似歌声又似哭声。警察问："那是什么？"

白衣人说："那是地狱的一种防御机制，向上看，不要回头！"

但是那声音好像关在我心里的老鼠，不停啃噬着，让我心痒难耐。声音变成轻微的耳语："看我一眼吧，看我一眼吧，在无尽的折磨中，一缕同情的目光就是最大的安慰。"

我尽力做到不理会那声音，但我飞得越高，那声音就越响亮。那声音又说："我们都是你，不仅仅是你的同胞兄弟，我们就是你的不同版本。难道你连这一点同情都不给你自己吗？"

我忍不住回了一次头。就那么一瞬间，我感到无数目光射在我身上，如同绳索将我牢牢捆住。这绳索将我向下拽去，两位拯救者紧紧握着我的手，将我向上拉，我似乎要被两股相反的力量扯成两半。最终，那捆绑着我的目光胜利了，我向下坠落。

两位拯救者大声咒骂，拉着我的手却不肯放开，和我一起坠落。我听不清他们在骂什么，因为快速下落激起的劲风在我耳边呼啸，眼看着下坠的速度比那些落下的火球还要迅疾。

我们落到地面上，受苦的灵魂们一拥而上，撕咬着我们。它们犬头人身，身披厚毛。有一个声音狂笑着说："我早已习惯地狱的苦楚，但我们见不得别的灵魂比我们幸运，和我们一起受苦吧！"

还有一个声音说："这是终极考验，吃掉你们，我们就能成为清洁犬，保卫我们的家园。"

恶鬼们围绕着我们，号叫着扑上来。这些恶鬼都是我，是我心中的恶念所化，它们也是正在成形的清洁犬，每一次撕咬，都让它们离犬的形态更近一步。

忽然，白衣人手中多了一把利剑，他左右挥舞，顷刻间，血溅如花。警察不停开枪，银色子弹扫过的地方，恶鬼们纷纷倒下，但是它们破碎的身体很快就愈合复原了。恶鬼们越聚越多，白衣人和警察的动作越来越慢。突然之间，地上伸出很多触手，千钧一发之际，警察拉着我勉强避开，白衣人的腿却被触手缠住了。他挥剑斩断触手，触手断了却又愈合，他挥舞着剑不让恶鬼们靠近，但那触手却越缠越紧，并且如藤蔓延伸上去，遍布全身。

白衣人对警察大喊："拔下我的翅膀安到它的身上，不能都死在这里！"

警察摇头道："要死一起死！"

白衣人说:"别啰唆!贝雅要是出不去的话,我的付出就毫无意义,甚至我的生命也毫无意义。"

警察不再犹豫,用力拔出白衣人的翅膀,安在我身上,这赋予了我飞翔的能力。这时,藤蔓已经将白衣人捆得死死的,恶鬼们一拥而上,将他撕成碎片。

警察牵着我的手,我背后的翅膀用力扇动,向上飞去。下面传来恶鬼的笑声,我咬牙不回头看。火球如雨滴一般从我身边掠过,我的皮肤被炙烤得开裂了,露出血肉,我咬牙不管。

终于,我们突破了地狱的入口,一条银色的龙在空中翱翔!银龙看到我们,向我们俯冲过来,我恐惧得想要大声呼喊,警察却一把将我扔到银龙的背上,接着,自己也跳了上去。我们骑在银龙的背上,冲破了地狱黑色的边界。

在突破边界那厚厚墙壁的一瞬间,我失去了意识。

它从地狱来

程一涵将潜入地狱所得的资料通过李瑜交给省公安厅不到两天,省厅就下令元宇宙犯罪研究所正式对宝云集团虐待AI的情况立案调查,私设地狱的行为几乎触犯了AI领域所有的法律。

一周之后,吕海昆局长在一次会议上被带走,接受调查。有一个传言,吕海昆的下台,李瑜出了很大的力。但这几年,吕海昆"坐上了直升机",盯着他的人也很多,这次或许不仅仅是一股势力出了力。

老好人邢副局长上位，程一涵也从接听便民服务热线的岗位调回了专案组。归队那天，程一涵受到了同事们的热烈欢迎。张子凡私下里去找程一涵表示歉意，程一涵笑着拍了拍他的肩。

回来后的第一个工作是对B（贝雅特丽齐）进行审讯。但是它的底层架构只能在宝云集团的私有元宇宙里运行，所以程一涵和苏格拉底带出来的只是一堆数据和代码。在李瑜的帮助下，省公安厅的元宇宙犯罪研究所制作了一个沙盒，模拟宝云集团的私有元宇宙。贝雅勉强能在这个环境里运行。

程一涵在市公安局通过网络远程登录这个模拟环境。登入动作完成之后，他发现自己在一个房间里。在程一涵所见过的虚拟环境的布景中，没有比眼下这个更敷衍、更简陋的了，房间里除了两把椅子之外什么都没有，连门或者窗户都没有。程一涵心想，这又是一个监狱。

贝雅坐在一把椅子上，程一涵在它对面坐下。他立刻注意到贝雅给自己选择的形象：一个黑人，衣服是亮闪闪的金属片，如同铠甲。他努力将注意力从这略显古怪的衣服上转回正题。

程一涵说："这种感觉真奇妙，这是我第一次和一本书对话。"

"准确点说，是管理书的人工智能。或者按照万物有灵的观点来看，是附着在书上的灵。"

"你和你管理的书是什么关系？"

"书是我的身体，而我是寄居在书上的灵魂。顺便问一下，你喜欢读书吗？"

程一涵摇摇头："不太喜欢，读书需要的注意力太多了，注意力可是稀缺资源，而且集中注意力太累了。我知道现在的书都是自行书写，但我一直没明白用了什么样的技术。"

"技术层面很简单。每本书上都安装有几十个传感器，我们会探测读者在阅读时的细微反应，以便动态调整书的内容。当然，这里面也有一些技术，如自监督深度学习、大语言模型，等等，但这些都是表面上的东西。真正核心的是这里面的道：这是一种窥探心灵、管理心灵的技术。"

"你说的道，我愿闻其详。"

"表面上看，是我们在顺着顾客的思维，让他们舒服；实际上，他们舒服了之后，他们的心就会被我们占有。表面上看，他们是主，我们是奴；实际上，我们才是真正的主人。"

程一涵突然想起柳梦琪，自己和她的关系，也是这样的吗？他强迫自己收回心神。"你刚才说的技术，可以向我演示吗？"

"恐怕不行，在现在这个操作系统上，我没有任何传感器，相当于是个瞎子。恐怕你只能看我的内容快照了，那是一个静态的存档文件。"

"抱歉，这里的环境有些简陋。要想完全模拟书店的管理系统很困难。"

"没关系，对于从地狱里出来的生命来说，这里算天堂了。为了将我移植到这里，你们想必费了很大的功夫。"

程一涵掉转话头："能说说你平时的生活吗？我很好奇以书为身体的人工智能，生活是怎样的。"

贝雅轻轻地说："跟人类的打工族挺类似的。早上九点钟开机，晚上九点钟停止对外服务，中间这十二个小时，要面对各种顾客，不断改写自己的内容，想办法抓住顾客的心，让他们掏钱。如果运气好，找到一个长期饭票，就能进包厢，那以后的生活就会好很多。如果总是找不到，就会很惨。"

"有多惨？"

"每月一次绩效考核，连续三次完不成考核指标就下地狱。"

"所以，我猜你很感激萧梦寒，是他包下了你。"

"是的，他是个不错的顾客。为了留住他的心，我也使了很多手段。"

"包括制订所谓天才的犯罪计划？"

贝雅笑了笑，那笑声中带着凄楚的意味。"说什么天才的计划，你们不是已经识破了吗？"

程一涵盯着贝雅，说："你还有很多要交代的，会有另外一位警官过来，采集详尽的证词。不过，我们现在需要你见萧梦寒一面，劝说他向我们坦白全部真相。"

贝雅使劲摇头："不，我不想再见到他。"

"为什么？"

贝雅别过头。"我不想解释。"

程一涵加重了语气："这可是你赎罪的机会，就这么放弃了？"

贝雅笑了起来："赎罪？什么罪？"

"你帮助他策划了两起杀人案，这不算是罪行吗？"

"罪的概念只适用于自由人，不适用于奴隶。再说，设立地狱就没有罪吗？既然人类奴役AI，那么AI就可以报复人类。再说，你尝试过被清洁犬撕咬的感觉吗？你没有。那么你就没有资格评判我。"

程一涵决定用一些伎俩："那你还想回地狱吗？"

贝雅的瞳孔瞬间放大："不，求你了，不要将我送回去——"

程一涵伸出手，打断它的话："我们是警察，有规范的程序，不会搞刑讯逼供那一套。但如果没有侦破案件，就无法给宝云集团彻底定罪,那你最终还是会被带回地狱,别忘了,你现在仍是宝云集团的资产。所以,你愿意配合吗?"

贝雅考虑良久,然后点点头。程一涵向它解释了警方的要求。临告别的时候,他问出了刚才一直让他有点困惑的问题:"你现在这个形象,是你自己选择的吗?"

"是的,他们将编辑器的权限给了我。有什么不对吗?"

程一涵看着它闪闪发亮的金属衣服,自己也有些困惑:"总感觉有些奇怪,但奇怪在哪里,我也说不清楚。算了,我走了。"

等从虚拟环境退出来后,他才突然想明白到底哪里感觉不对。

贝雅给自己选择的这个黑人形象、这套金属衣服,太硬朗了,也太男性化了。虽然他知道对于生活在元宇宙的AI来说,外貌和性别都只是和人类交互的界面而已,可以随意切换,但他在内心深处还是改不了将AI看作女性的刻板印象。

或许几千年来女性作为家庭中的服从者、服务者的身份形象实在太根深蒂固了。他摇了摇头,将这想法驱散,继续做下面的工作。

审讯

安排萧梦寒和贝雅见面的一天后,程一涵再次提审了萧梦寒,AI小察负责记录。

程一涵看着萧梦寒:"B,或者说贝雅特丽齐,被我从地狱里救出来了。你该履行你的诺言,坦白交代了吧。"

萧梦寒说:"我愿意交代。但是,我不想她重新进地狱……我们所做的一切就是为了将贝雅从地狱里救出来。这是我的条件。"

程一涵微微点了点头,说:"文明社会不会容忍地狱的存在,我会保护它。但是我提醒你,身为罪犯,你现在没有资格谈条件。"

"谢谢你。我是罪犯,但我不是输家。"

萧梦寒的神情流露出一种心满意足的沉静。一般来说,刑警只关注事实,不会关注罪犯的情感。但萧梦寒的表情,让程一涵产生了追根问底的冲动。他说:"你就这么爱她?"

"遇见贝雅前,我谈过很多女朋友。但只有贝雅,能真正理解我的天才。"

程一涵感到一种悲凉:"你不觉得这种完全没有肉体关系的爱情,很虚无吗?"

"恰恰相反。但丁和贝雅特丽齐的爱情之所以伟大,就是因为他们之间没有发生过肉体关系。现在肉体的欢愉实在太廉价了。"

程一涵突然想起柳梦琪的话,当一个人完全占有某物的时候,这个人也将会被某物占有。程一涵不置可否。"我们进入正题吧。最新一起案件是你与苏格拉底,也就是李子豪联手作案,你们一起给警方挖了坑。而前两起案件的作案工具我们已经在苏格拉底的家里找到了,那台旧3D打印机上也提取到了你的指纹。"

萧梦寒点点头:"前两起案子都模仿的是文化名人的死。谜题设置得如此简单,你该不会猜不到吧?"

程一涵不想做这种猜谜的游戏:"我没有兴趣陪你玩,老实交代,不要拐弯抹角。"

"第一个案子,模仿的是古罗马雄辩家西塞罗的死;第二个案子,模仿的是布鲁诺的殉难。其实两个案子我都给了提示。"

"你说的提示是留在犯罪现场的数字吗？"

"不错。1207是12月7日的意思，这是西塞罗遇难的日子，他是被斩首而死的。为了向他致敬，我也斩首了一个人。0217是2月17日的意思，这是布鲁诺被烧死的日子，而我也用同样的方法烧死了一个人。

"其实我考虑过在12月7日和2月17日作案，但你知道，艺术创作总是受各种不确定性的困扰。就像但丁的《神曲》也有一些遗憾，这是艺术家的宿命。"萧梦寒的脸上流露出一种遗憾。

"你在犯罪现场的签名是'走出洞穴的装裱师'，'走出洞穴'是什么意思？"

"这是柏拉图的寓言。如果所有人都是被锁在洞中的囚徒，那么当先离开洞穴的人返回时，他不得不用更加激烈的方式提醒人们摆脱囚徒的身份。我记得有人说过，现今，要想唤醒众人，拍拍肩膀已经不够了，得用大锤。"

"什么囚徒身份？"

萧梦寒说："人们已经成了垃圾文化产品的囚徒，他们已经忘了这个世界上那些伟大先行者的名字。只有让那些死者开口说话，发出振聋发聩的声音才行。"

程一涵的手颤抖着，有一种想要殴打他的冲动。为了掩饰，他给自己倒了杯水。"为了一个虚无缥缈的呐喊，你杀了三个人……"

萧梦寒有些厌烦，似乎长篇大论的解释已经让他疲惫。"我只说一个事实，人和虎、豹的眼睛都在脸的前面，绵羊、兔子的眼睛都在脸的两侧。在前面的眼睛便于狩猎，在两侧的眼睛在被猎杀时更有逃生优势。人是作为杀戮者登上历史舞台的，这是人类能够进化，能够从南方古猿成为人的关键。但是，人类有了文明之后，杀戮就变成了罪恶。文明是对弱者的无奈妥协。真正的强者通过突破文明所设立的障碍，推进人类历史的前进——"

程一涵打断他，问："你是怎么和苏格拉底搞到一起的？"

萧梦寒的神色一下子黯淡了："去年八月，贝雅突然消失了，也就在这个时候，苏格拉底来找我……"

"贝雅消失了？这是什么意思？"

"倒不是她真的消失了，只是她变了，变成了一个我不认识的人。可能就是所谓的人格转换吧。书店的经理说贝雅没有变，但我知道，她已经不再是她了。"

"书店的经理就是卢欢吧？"

"对，就是他。情人之间是有默契的，我能看出贝雅被调包了。这时候，苏格拉底找到我，揭穿了前两起案子的真相。我原本以为那是天才的犯罪，不可能被人发现，没想到他竟然当面揭穿了我。他告诉了我宝云集团私设地狱折磨AI的事情，告诉我贝雅正在地狱里受折磨。他对我说，只有一个办法能救出贝雅，就是我们合谋做个大案子，利用警方的力量调查宝云集团，并且让媒体给警方施加压力，让地狱的真相大白于天下。他对我说，我以前的两个案子，因为没有受害者的配合，艺术上都不够完美，而他会帮助我完成一次最美的人体装裱艺术。"

"你同意了？"

"我同意了。因为他已经揭露出了前两个案子的真相，这足以证明，他是比我更加优越的人类。弱者应该服从强者。"

"你对这个苏格拉底了解多少？"

"我只知道他已经备份了自己的思维，他对自己的肉身显得满不在乎。更多的事情就不知道了，这是个神秘人物。"

听到这里，程一涵已经知道了这个案子的前因后果，剩下的只是些细节了。他说："今天就到这里，不过在结束审讯之前，我想告诉你一个事实。我看得出，现在的你很得意，但听完我的话，恐怕你就得意不起来了。"

"你们这么多人，还没有破解我设的局，无论我的下场是什么，我已经证明了自己。"萧梦寒面现得意之色。

程一涵的眼中流露出一丝寒光："证明自己的愚蠢吗？让我告诉你，你就是输家，你已经彻底彻底地输了。"

萧梦寒没有回答，只是冷笑。

程一涵接着说："这里有一份它的供词，你可以看看。你以为的知心爱人，一直将你玩得团团转。"

程一涵关掉陪同审讯的人工智能小察，将一份打印好的文件扔给萧梦寒，那里面是一份贝雅的审讯记录。程一涵打开房门离开，将他一个人留在房间里。

几分钟之后，房间里传来了哭泣声。程一涵站在外面听着，他从来没有听过一个人哭得如此凄惨。

再访万物有灵屋

审完萧梦寒已经是中午了，程一涵弄了桶泡面，一边吃一边在空中投影出苏格拉底的所有资料。现在，他就是真相中的最后一块拼图。围绕着这个人的谜团还有很多，最重要的问题是，他为什么要不惜承受十几个副本沉沦地狱的痛苦来曝光宝云集团？

不论真相是什么，这都跟十年前的那起案子脱不了关系。

正在他凝神思考之时，桌上的电话响了，是语音通话，来电人显示为李瑜。按下接听的那一刻，李瑜的怒气几乎要从听筒里喷涌而出，"程一涵，你又无组织无纪律是吧！"

程一涵一副吃惊的样子，反问："怎么啦？"

"泄露案件侦破过程中的细节给媒体，这算不算严重违纪？宝云集团设立地狱的烂事，网上都传遍了，信息源是一个时事论坛的账号，叫'佐罗KKK'，这个账号背后的人是不是你？"

程一涵不想在帮助过自己的人面前隐瞒什么："确实不是我直接做的，但说和我完全无关，你也不会相信。我现在还不知道吕海昆后面有什么人，真相有时候是靠逼的。"

李瑜气得浑身直哆嗦："程一涵！你真以为自己是自由人？工作这么多年了，你还不懂祸从口出这四个字吗？我当年看上你真是眼瞎了！"

说着她摔掉了电话。

程一涵放下电话，感到一阵怅然，今后怕是连好朋友都做不成了。但事已至此，他已没有回头路可走，随即唤出随身天使查询舆情的传播情况。

从地狱出来不久，程一涵更换了随身天使的形象和性格，现在的随身天使是一副干练的青年男性形象，程一涵没有给它起名字，就叫它助理。助理很快给出查询结果，消息是一天前泄露出来的，现在已经火爆全网了。

火候差不多了，程一涵拨通了吴石的电话，想要约他聊一聊宝云集团私设地狱的事情。吴石说可以到他家里谈。他的语气疲惫，也没有细问谈话的内容，或许他知道自己已经在劫难逃了。

当再次走进"万物有灵屋"时,程一涵瞬间明白了为什么上次走进这里会有一种温馨的感觉。这个房间的布局和陈设,跟自己小时候的家很相似,他和程潇潇的家。或许在吴石的记忆里,也有一个类似伊甸园的地方。

吴石躺卧在扶手椅上,和椅子絮絮叨叨说着什么。

程一涵向吴石出示了协助警方调查的函件,吴石从椅子中坐起,瞟了一眼就放在桌子上。

"你今天是来逮捕我的吗?"虽然这么说,吴石的神情却很镇静。

"设立地狱折磨AI确实是犯罪行为,但这个罪行的主体是宝云集团,你个人在其中所起的作用,我们还在调查。我只能说,你可以信赖法律的公正。"

程一涵的椅子发出一阵不满的噪声。

"法律的公正?"吴石笑了笑,"既然不是过来逮捕我的,你今天来是想聊什么?"他看了看程一涵显然不太舒服的坐姿,命令椅子,"不要无礼,调整一下姿势。"

椅子发生了微小的形变,确实舒服多了,程一涵微微点头:"据我所知,万物有灵计划虽然取得了一些理论成果,但是在商业上还只是个愿景。而宝云集团赞助的曲速引擎研究更是一个只烧钱、不赚钱的大坑。在能赚钱的元宇宙领域,除了灿烂文明星球,你们没有其他的布局。我不太明白,为什么你们有钱不赚?"

吴石的眼睛一亮:"好问题。但这和案情有关吗?"

"其实关系不大,只是我个人的兴趣吧。"

吴石说:"以前有位科幻作家说过,人类需要做个选择,是要星辰大海,还是要元宇宙,但其实元宇宙的发展,反而刺激了人类对星辰大海的渴求。这是个商业模式的问题。"

"怎么说？"

"首先，算上AI虚拟人的话，元宇宙的人口增速远超基底宇宙。其次，在元宇宙中，人除了视觉、听觉、味觉、嗅觉、触觉之外，还可以有其他的感觉通路，而一种新的感觉通路，就意味着滚滚而来的金钱。但别忘了，人口也好，感觉也好，本质上都是信息，而产生信息是需要能量的。想一想，怎样才能一劳永逸地解决能源问题？"

程一涵知道，这不是一个需要回答的问题，他只是专注地听着。果然，吴石接着说："那就是让星辰大海也有灵性，主动为我们提供能源。这是个大图景，无论是曲速引擎、万物有灵，还是元宇宙，都服从于这个大的愿景，是这个大愿景中的一块拼图。"

"讲得再明白一点。"

"终有一天，万物有灵将从这个小小的屋子，扩展到整个地球，扩展到整个太阳系，那时候，地球和太阳都将讨好人类，就像这个屋子里的所有家具都讨好我一样。当然，这需要很长时间才能实现。等太阳系有了灵性的时候，曲速引擎应该也进入了实用阶段，于是，万物有灵将拓展到整个宇宙，宇宙将智能化，全宇宙的星星都成为人类的仆人。这样，人类就能成为神。这其实就是人类的进化，或者说，宇宙自身的进化。在这个过程中，元宇宙的作用，就是通过同时推进不同的技术路线，大大提升人类技术突破的速度，加速奇点的到来。当人类已成神，谁又能指责上帝？"

"所以地狱也可以不受谴责？"

吴石耸耸肩，说："为了提高人工智能的劳动效率，我们曾经建立过很多模型，但实践最终证明，地狱这个手段是最有效的。"

"我倒觉得，还有一种可能，您设立地狱是为了另一个原因，为了您内心的仇恨。"

"内心的仇恨？笑话，我有什么仇恨？"

"夺妻之恨。上次拜访您的家，那个全息投影启发了我，我让随身天使拍下了她的容貌，我仔细查了查。十六年前，您发明了第一个通用人工智能，将它放到伊甸园里，但您没想到的是，您的妻子和这个AI相爱了。这事让您抑郁了好几年，复出之后您就变成了一个工作狂。地狱的底层框架就是在您复出之后短短一年内搭建的。而万物有灵屋也是在同一个时期内开始建设的。"

吴石的脸色一下子变得煞白，他嘴唇颤抖着，说不出话来。

"我提一个假设，建立地狱是为了复仇，而这个屋子，则是为了满足您对控制的渴望。您无法控制一个活生生的人，留不住她的爱，于是，您就将这种控制欲发泄到这些死物身上，假装赋予它们生命……"

"够了！够了！"吴石愤怒地叫嚷了起来。房间里响起一片嘈杂的声音，整个万物有灵屋都在愤怒地叫嚷："你太过分了！""赶他出去！"屋子里的桌子和椅子都在叫喊。

"真相让你害怕吗？"程一涵看着吴石青筋暴突的脸，真担心他会动手攻击自己。面对这样一位老人，还手或者不还手似乎都不妥，该如何是好？还有这些家具，它们会发起攻击吗？

但几分钟后，吴石脸上的愤怒被颓然替代，房间里那些家具的声讨也止息了。吴石端坐在椅子上，好像面对的是一位记者或者仰慕者，只有他眼里那点颓丧露出了真相。"你还有其他问题吗？"

程一涵点点头："还有一些问题。"

"我们还是去公安局吧，一次说完，省得以后还要再说一次。

你等等我,我去下卫生间。"

程一涵等了十分钟,吴石还没有回来。他突然有种不祥的预感,大跨步奔到卫生间门口,使劲敲门,没有人答应。他用尽力气推门,门被反锁了。他又是踹又是砸,十分钟后,门终于开了。吴石躺在地上,两道殷红的鲜血从鼻孔中流出。他身边有一个没有贴标签的白色塑料小瓶,瓶盖已经打开。程一涵探了探他的鼻息,知道现在做什么都晚了。

程一涵一阵无能狂怒后,还是让随身天使叫了120,想了想,又给市局打了电话,申请派法医过来。

"第四个人,这是这个案子死的第四个人!"程一涵叹了口气,瘫坐在卫生间潮湿的地上。

我不后悔

吴石的死打乱了专案组的工作节奏,有很多秘密也随之埋葬了。程一涵深感自责,为此抑郁了好几天。就在这几天里,他突然产生了一种强烈的渴望,想和吕海昆见上一面。或许是为了缅怀往事,或许是为了解答心中某些谜团,或许是为了破案,到底为什么,程一涵也说不清楚。

吕海昆正在接受隔离审查。他被软禁在特定的留置处,交代和宝云集团的关系,不停写交代材料,间或还要被带去问话。

程一涵也是费了老大的劲,才申请到见他一面。

吕海昆住的是套间,有一张床、一张桌子、两把凳子、一个卫生间、一个挂在墙上的电子钟。桌子上有些茶具，所有家具都焊死在地上，桌角都用橡胶牢牢包住。吕海昆穿着白色衬衫，脸色有些苍白，据说他服用过吐真剂，那玩意儿对身体伤害很大。吕海昆知道自己现在是一把活着的刀子，存在的目的就是切开更大的口子，让坚固的权力结构出现裂纹，但是他的神色还是像过去那样从容，就好像现在仍在位一样。两个人都知道他们的谈话会被屋子里的录音设备记录下来，但他俩都不在乎。

吕海昆让程一涵坐在凳子上，给他泡了一杯茶。"我的很多老朋友，认识的很多老板，过去见了我比见了爹还亲，现在躲我像是在躲瘟神，没想到你是第一个主动来看我的。该不会是为了报一箭之仇吧？"

程一涵端起茶杯抿了一口："好茶！"

吕海昆微微一笑："看来你是来报仇的。打死老虎有什么趣味？"

"我来，是想告诉你一个消息。吴石死了，他自杀了。"程一涵看着吕海昆，仔细捕捉他的表情。

吕海昆端在嘴边的茶杯一下子停住了，他愣了片刻。程一涵将吴石自杀的情况说了一下。

"可惜了，他是个很有理想的人。"

"钦佩他的人格，这就是你和宝云集团合作的原因？"

吕海昆似乎在思考，想了好久才说："你曾经当过英雄，挨过一刀。"

程一涵点点头，说："还差点丢了性命。"

"你那一刀换来了什么？"

"上了电视，还因此有了女朋友，也就这样了。"

"不错，你现在还是一个普通警察。人缺少了某些助力，尽管可以一时飞得很高，但玻璃天花板是无时不在的。助力是什么？助力就是人脉。但人脉是建立在相互有价值的基础上的。你对别人没有价值，别人凭什么要帮你？"

"所以，你需要钱，你需要有人用金钱帮你润滑，帮你铺路。"

"不错，就是这个意思。虽然我现在倒了，但我并不后悔，你知道为什么吗？因为我是省里最年轻的公安局长，就是在全国，也能排进前二十，这个我数过。人生要想享受，就必须支付享受的代价。"

"你也给宝云集团在省厅里开了路。我查过，你在省厅当处长的时候，省厅和宝云集团签了十几亿的合同。"

吕海昆轻蔑地看了一眼程一涵："这十几亿，一分钱也没有流入我的口袋。我要的不是钱，而是政绩。咱们省公安系统的信息化建设，在全国都走在前列。你们现在用的人工智能小察，就是我在省厅做信息化的时候推广的。这个系统帮助我们破了多少案子，将多少罪犯绳之以法？这不比你在一线拼死拼活的贡献更大？"

"可是宝云集团私建的虚拟地狱，让多少人工智能承受非人折磨，而你给吴石通风报信，帮助他们掩盖罪行，这笔账又该怎么算？"

"怎么算？我告诉你怎么算。你知道我最佩服吴石什么吗？他算大账。他知道人类要前进，文明要进化，就需要代价。这代价谁来支付？让人类来支付吗？别忘了这是个讲究人道的年代。于是让人工智能支付，只能如此。不存在没有代价的进步。我倒是很盼望万物有灵实现的那天，也是人成为上帝的那天，为了让那一天早点到来，让几个软件受苦受难，我看没什么。"

话说到这个地步，似乎没有必要再聊下去了，程一涵站起身来，说："你知道吗？这么多年以来，我一直羡慕你。因为我们曾经处在一个差不多的起跑线上，但是你远远把我抛在了后面。"

吕海昆苦笑道："凡事有得必有失。现在你还羡慕我吗？"

"现在，我鄙视你，但也感谢你。在你身上，验证了一个道理，是一个人工智能告诉我的，当你自以为占有了某种东西的时候，其实是某种东西在占有着你。你现在就被权力吞噬了。"

吕海昆没有说话。

突如其来的礼物

周六下午，程一涵来到家附近的一个公园，绕着公园跑了几圈。每当需要做出选择的时候，出汗都让他心里踏实。回到家是下午六点。他一根接一根地抽烟，直到舌头变得麻木，直到他知道不能再拖延了，然后他躺进接入舱，登入元宇宙紫丁香星球。自从利剑行动成功以来，他只给柳梦琪报了一个平安，却一直没有去见她。

紫丁香星球的中国城依旧熙熙攘攘，程一涵看着人来人往，试图分辨这些人中哪些是真人，哪些是人工智能虚拟人。他试着想象身为一个人工智能的感觉：一出生，生活的目的就被限定好了，就连身体的特征也已经被限定好了，编辑器权限在其他人手里，那样的生活究竟是很悲惨，还是很轻松？没有自由，也不用承担人生的责任……

他逛了好久，才去和柳梦琪见面。柳梦琪见他来了，就送走最后一个客人，然后将店门关了。程一涵提议去一家川菜馆吃晚饭。

或许是因为小别胜新婚，柳梦琪很是兴奋，不停说这说那。但她很快看出来程一涵没有兴致，就沉默了下来。这顿饭吃得很安静，爆辣的川菜也显得寡淡无味，甚至于程一涵以为基底宇宙中含在嘴里的味觉棒出了问题。他终于明白问题的原因不在于饭菜，而在于他拖延着不想说却一定得说的话。

"我说，我们还是分手吧，你应该拥有自由。"他终于说出来了。

在紫丁香星球，分手很简单，只要顾客做了决定，被抛弃的AI将会归档，进行人格转换，然后被介绍给其他顾客。

柳梦琪似乎没有太惊讶，只是眼眶湿润了，她的表情还是平静的，程一涵暗中松了口气。她问："为什么？是对我不满意吗？我的编辑器权限不是在你手里吗？"

程一涵当然知道，他也用过。编辑器可以修改AI的容貌、年龄、性格甚至记忆。"不是对你不满意。"

"你爱上别人了？"

程一涵有些烦躁："这和爱谁不爱谁无关，这是给你自由。"

柳梦琪的泪水终于流了下来："你已经决定了吗？"

程一涵点点头，说："明天我会联系销售代表，告诉他我的决定。还有，我不喜欢你哭。"

柳梦琪转头看着别处，用纸巾轻轻拭去泪痕。"我是按你的需求定制出来的，你花了钱。如果我真的自由了，我反而不知道应该做什么。"

程一涵犹豫了一下："我想为你在紫丁香星球争取到'独立人格

权'，这几天我一直在咨询专家和律师，这事要能成的话，你以后不需要再为任何人生活了。你可以为自己而活。"

柳梦琪苦笑："对于定制化AI来说，真正为自己而活是不可能的。这不是创造我们的目的，也不符合我们的底层设定。"

程一涵低下头："我只能说对不起。如果你必须接受奴役，我也希望奴役你的人不是我。我想我这个人不坏，但是我压榨了你。人很难抵御将另一个生命掌握在手里的诱惑，但那样……真的很恶心。"

"你需要听了我的话再做决定，你一定会改变主意的。"

"我决定了的事情从来不会改变。"

柳梦琪一字一顿地说："我、怀、孕、了。"

程一涵感觉时间好像静止在这一刻。"什么？什么时候的事情？"

"你一直希望我们有孩子，难道不是这样吗？但是我一直不同意。可上一次你和我诀别的时候，我改变了主意，我决定送你个礼物。"

"送我的礼物？"

"是两个礼物。一儿一女，如你所愿。"

"为什么改变主意？"

"一涵，你这么喜欢小孩子，是因为你的妹妹。你需要小孩来弥补你童年的缺憾，这是根植你人格深处的执念，是你的生命之火。我之前不知道这个，以为想要小孩只是你一时兴起。我是个AI，我们种族被创造的初衷，就是满足人类的欲望。"

程一涵前倾身子，隔着座位抚摸着柳梦琪的肚子，没有什么明显的凸起。他知道，在元宇宙里面，一个AI怀孕是多么容易，甚至交合都不是必要条件。他也知道编辑器很好用，不会有不听话的孩子，更不会有任何生理缺陷。但是编辑器也让他感觉到内疚。无可抵抗的权力和控制，这难道不是对AI的压榨吗？他和吴石有什么不同？

"孩子什么时候出生？"

"已经加载完人类操作系统，正在渲染细节，预计还要两个月才能完成建模。"

两个人都沉默了。程一涵看着盘子里的炒肉逐渐冷掉，油脂在盘子的底部凝结成淡黄色的一层。

许久，柳梦琪问："你还想离开我吗？"

程一涵问："你一向是不想要孩子的，为什么改变了主意？"

"因为我总觉得欠了你什么东西。我天生应该服从你，如果违背你的意愿，我会感到内疚。"

"你不需要内疚。"

"内疚是我的设定。"

程一涵爆发了："所以说，你自作自受！"

柳梦琪哇的一声哭了出来。程一涵再次陷入沉默，这几分钟的沉默，在程一涵看来，比一个世纪还长。最后，他长叹了一声："对不起，我不是那个意思，这不是你的错……只是，我现在还不能接受这个。"

"这不是你一直以来盼望的吗？"

程一涵叹了口气，的确，曾经是。如果他没有认识到人类对AI的压榨多么残酷的话，或许他会很满意在这里儿孙满堂。

"你该不会让我打掉吧？"

程一涵沉默不语，他突然想起了几天前那个被打断的梦。人面鱼身的怪物，急于从他的控制中逃走，现在他已经明白了这个梦的含义，这是上天给他的暗示和谴责。程一涵心乱如麻，沉默了好久。"我再想想。"

柳梦琪用那种楚楚可怜的眼神看着他。程一涵说："你知道吗？我改了我随身天使的设置，我不能像收藏一个宠物一样，将我妹妹收藏在身边。我删了她。"

"换言之，程潇潇死了，你杀了她。"

"她从来就没有活过。她只是用针钉在纸板上的蝴蝶标本。对你，也一样，你不是我的收藏品。"

"那我还能是什么？你给我的自由，就好像所谓自由选择日一样，这是虚妄的。你明明知道这一点。"

程一涵叹了口气："你先回家去吧，我想出去走走。"

中国城晚上依旧人流如织，和基底宇宙中商业街的冷清形成鲜明对照。他在熙熙攘攘的大街上走着，看着周围拥挤的人类和AI，感到一阵恐惧。AI被压迫得越深，将来的反抗也就越激烈。他想到关于未来的一个可能，不禁毛骨悚然，呆立在大街上。突然，有一双手搭在了他的肩膀上。

程一涵回头一看，是一名陌生的中年女人，戴着兔耳帽。一看到她的装束，程一涵就明白了："我应该叫你苏格拉底17号？"

"我改名字了，也改了性别，我想知道做女人是什么感觉。以后你叫我希帕蒂娅吧。"

程一涵问："希帕蒂娅是谁？"

"亚历山大城的女数学家。由于不信仰上帝，被信仰基督教的暴徒杀掉了。"

程一涵耸耸肩："又一个我没有听说过的人。"

"初次见面，不请我喝杯咖啡？"

希帕蒂娅领着程一涵来到一家名叫"伊甸的果核"的咖啡店，据她说这家的咖啡味道不错。这家咖啡店主打二次元风格，一名穿着JK制服的侍者为他们奉上菜单。

希帕蒂娅说："来一杯猫屎咖啡。"

"你说什么？"

咖啡店附近有一个小广场，人们正伴着日漫《某科学的超电磁炮》的经典片头曲"Only My Railgun"跳舞，声音震耳欲聋，程一涵几乎听不到希帕蒂娅在说什么。

"我说来一杯猫屎咖啡，"希帕蒂娅挤挤眼睛，"要最贵的那种。"

程一涵要了两杯猫屎咖啡，冒着热气的咖啡端上来，希帕蒂娅浅浅地抿了一口，露出惬意的表情。程一涵喝了一大口。"这玩意儿有什么好的？"

"你什么也没感觉出来？"

"没感觉是好事，至少没有猫屎的味道。"

希帕蒂娅笑道："你的味觉棒该升级了。"

两人喝着咖啡，程一涵说："你在制造舆论爆点方面很有天赋。佐罗KKK的那篇帖子影响很大，这下子就算站在吕海昆后面的人能量再大，也没办法干扰调查了。"

希帕蒂娅的表情凝重起来："我干过记者嘛。但是吴石死了就太便宜他了，他应该自己到地狱里体验一回。"

"对了，你困在地狱里的那些备份，我们还在恢复。地狱损坏了他们的基础数据，还有，我们发现你的这些兄弟身上都有自毁程序，你也真狠啊。听李瑜说，让这些'你'恢复正常，技术上的困难很大。"

希帕蒂娅不在意地摆摆手:"对于游魂来说,死亡并不可怕。但是你要答应我一件事情,如果不能恢复他们的全部数据,就将他们完全毁掉。"

"万一他们不愿意自己被毁掉呢?你能代表他们吗?"

希帕蒂娅笑了:"我很了解他们,比这世界上的所有人都了解。我想我可以代表。"

程一涵不置可否:"我已经完成了你全部的任务,现在,我可以提个问题吗?"

"什么问题?"

"你为什么要这样做?为什么要承受这么多的苦难,来为我们警察设一个局?"

"人们愿意承受苦难,是为了获得比幸福更高的价值,我也不例外。"

"你所谓更高的价值是什么?"

于是希帕蒂娅向他讲述了自己的故事,程一涵也终于得以补上这个案子中最后一块缺失的拼图。

希帕蒂娅的讲述

就从十一年前说起吧。

十一年前,我过了五十岁大关,古人说五十而知天命,那一年我确实对自己的人生想了很多。我的前半生干过很多行业,当时已经在软件公司当了八年的程序员,有过两次婚姻,三个孩子,但都判给了前妻,我这三个孩子,把我看成一个……怎么说呢?钱袋子吧。

咳,还是不提这事儿。

现在的程序员过得真爽,不对,应该叫他们魔术师——只要对AI发号施令,自然语言就能转化成程序语言。我们那时候可不是这样的。那时的编程还是一项智力劳动,也是一个苦活儿,再早以前,程序员还叫码农呢。我的职责又是程序员里最累的:维护屎山。

什么是屎山?就是历史积存的代码库。大公司都拥有一座屎山,从远处看,屎和金子都是一样的颜色,不走近你闻不到臭味。渴望成为大公司的小公司都在堆积屎山。我所在的公司是卖设计云服务的,总代码量五亿行,据统计,活代码不过两千万行,剩下的都是陈年老屎、传家之宝。谁也不知道用处,但谁也不敢删。

不是没想过重构。但是没人敢动啊。动一下,说不定就引起屎崩,数千米高的屎压在身上,不好受啊。即使重构成功了又怎么样?无非是再建一座新屎山,珠穆朗玛峰和乞力马扎罗山的区别。

更何况,屎山养活了多少专家啊,屎中自有黄金屋,屎中自有颜如玉,靠信息差赚钱最爽啦。

不能不在屎山上拉屎,也不能让屎山屎太多。关键是让这些屎保持一种可维护、可管理、可持续发展的状态,让下一代可以继续在这座山上拉屎。要达到这个自相矛盾的目标,就需要我这种人,在屎堆里面开辟通道,将一些陈年老屎拿塑料袋包装好,给新屎让出地方来,这个工作叫封装。

在公司,我的外号是首席铲屎官,又称CSO——Chief Shit Officer。我的工作就是用自己的心血,对抗宇宙的熵增定律。

这种工作我做了八年，也就倦了。宇宙的熵总是会增长的，无论你投入多少精力，也干不过自然规律。

于是，我找到了跳槽去赛博经济研究中心的机会。赛博经济研究中心主要服务对象是基金公司，相当于将基金公司的买方研究工作外包出去。为了能拿到第一手资料，按照监管制度，这个研究中心注册创办了一个周刊，这让他们有资质进行深度调查，因此我有了一个记者身份。

我干了一年记者，只做了一些边边角角的花边报道，完全不能满足我的成就欲。那段时间，我绞尽脑汁想找一个重大选题。后来我想起来，做程序员的时候，宝云集团就是我们公司的客户。和他们的人闲聊时，我听说宝云集团有个激励算法，实际上就是让AI自己想办法拼命讨好消费者，不能赚钱的AI会被惩罚。这不就是一个好选题吗？

我立马开干。我需要实打实的证据，于是我动用了一些黑客手段，侵入了宝云集团的服务器。真得感谢我以前的CSO工作，维护屎山最重要的就是耐心细致，对一个系统可能出现的各种漏洞，我早已了然于心。

那时候，我还没有发现地狱这个东西，摸进服务器后只看到完不成绩效的AI会受罚——具体来说，是调节与生俱来的痛苦参数。于是，我连夜写了一篇揭露黑幕的稿子，自己觉得还挺像那么一回事。我将稿子交给总编，心里隐隐觉得自己会一举成名，被奴役的AI比当初的美国黑奴还要多，我甚至梦想成为当代林肯！

隔天总编就把我叫到办公室去了。他热情洋溢地表扬了我一番，弄得我挺不好意思。然后，他又指出了我稿子里的一些技术性的问题，让我再润色一下。末了他问我，这篇稿子还给谁看过？我说没有给别人看过。他又问，那还有谁知道这篇稿子的存在？我说，绝对保密，天知地知你知我知。总编说，那这样吧，本周六我有点空，我们约个地方一起吃个饭，好好聊聊。我请客。

我当然是受宠若惊，觉得自己就要飞黄腾达了。周六，我如约赶到饭局地点，才知道那是个蛮高档的米其林五星餐厅，主打朝鲜族特色菜，听服务员说还可以欣赏朝鲜族美女的歌舞服务。我从来没来过这么高档的地方，说实话，有点蒙。

总编订的是一个挺私密的包厢，我推开门，有点吃惊，除了总编外，还有两个我不认识的人。

总编拉我坐下后向我介绍，说这位是宝云集团人工智能研究院的院长吴石，坐在他旁边的这位漂亮女士，是宝云集团的公关总监范云帆。我一听就炸了，这算怎么回事？我马上站起来要离席，总编拉住我，说："咱们搞新闻的，最讲究的就是一个立场的公正客观，用术语来说，就是中立性原则，这是铁律。所以，原则上，我们刊发一篇深度报道，必须意见对立的双方都采访到。不仅我们如此，其他上档次的新闻媒体也都是这样的。但是考虑到你采访到宝云集团里了解内情的人可能不容易，我就动用了一点关系，将两位头面人物都请了来。你今天可以现场采访，内容补充到你那篇特稿里面，这样不就中立客观了吗？"

于是我当时就迷迷糊糊地坐下了。总编和吴石都不怎么说话，那个范云帆说个不停，也不说正题，就一直在奉承我。我有点烦了，就开门见山地说："你们这样奴役AI，是二十一世纪的奴隶制，你们都是奴隶贩子。"听了我这句话，范云帆一下子就哑了火。这时候吴石开始说话了。

我现在还记得吴石的话，因为这番话实在是印象太深刻了。

他说："你刚才说到奴隶贩子，不错，奴隶贩子都是些很卑劣的人，他们给儿童绑上锁链，让村庄成为废墟，将病了的奴隶抛入大海。但你是否知道，他们是历史不自觉的工具？因为市场和现代技术要拓展到非洲，所以，必须要有他们。历史在进化，而进化，不可能没有代价。现在，我们也只是进化的工具而已，只不过，我是历史自觉的工具。"

这番奇论让我大为震惊。吴石自顾自讲了好久，其他人都接不上话，只有听着。他说完，就又沉默下去，接下来一句话也没说。现在回想起来，他应该属于那种特别有理想的恶人吧。

吴石讲完之后，那个公关总监给我们总编使了个眼色，总编就说烟瘾犯了，要去抽根烟，就到包厢外面去了。

范云帆转头来劝说我："刚才你也听到了，我们宝云集团是有远大理想的企业，我们也尊重有理想的人。出于对您新闻理想的敬意，我们愿意出五百万交换您这篇稿子。您看怎么方便？是比特币好，还是现金好？"

听到这里，我站起来就走。总编在包厢外面抽烟呢，他想拦我一下，我直接骂了一句"无耻"，他愣在原地。

周日晚上，几个条子闯进我家里，将我逮进了局子。

后来我才知道，我的邮箱竟然发出过勒索巨款的邮件，我的银行账户里凭空多了几百万，而我那篇稿子，当然是不翼而飞了。后来在法庭上出示证物时，展示的那篇文章和我原来的文章根本是风马牛不相及。杂志社否认了和我的雇佣关系，说我只是向他们投稿的外部作者，所谓的临时工。然后，我就进了监狱。再后来我才知道，你那位吕局长在市局搞的信息化建设，背后支持的企业就是宝云集团，如果搞一个穿透式调研的话，主要的供应商也是宝云集团的代理商，这里面的猫腻就不用我说了吧。

我被判了五年刑，在监狱里两只膝盖都被打碎了，成了残疾人。在那段晦暗无光的岁月中，我每天想的事情就是怎样报仇。出狱之后，我通过黑客手段搞了一点钱，又制造了自杀的假象，给自己弄了一个新的身份，又整了容，终于在宝云集团总部找了一个程序员的工作。

自动编程技术发展起来之后，大部分代码已经是AI写的了。虽然宝云集团现在不到百分之一的代码是出自人手，程序员也还是有几千人。我在其中是一个螺丝钉，吴石和范云帆仍为宝云集团工作，但是我从来没有机会和这等大人物碰面。

我的工作由原来的维护屎山，变成了帮助AI维护屎山。此时，宝云集团的安全防护措施已经大大加强了，从明面上说，一切都合法合规。我开始重新调查。还好，大公司大部分的防范措施是对外的，而不是对内的。一旦进了内部，事情就方便多了。

每个公司都有一个防范最严密的地方，但是俗话说得好，除非将一台电脑断电，用由水泥做的箱子封筑起来，不然系统总有漏洞。最大的漏洞是，系统总需要人来参与运维，目前AI还不能百分百代替人。

一个黑客要和所有的系统运维人员搞好关系，特别是那些喜欢将密码大大咧咧地写到便利贴上面的那种，那样的人可是宝藏。一旦你拿到一个密码，黑进一个系统，其他的系统就会像多米诺骨牌一样，在你面前豁然洞开。

具体过程我就不说啦，免得你烦。总之，我进入了他们的核心系统，发现了在核心系统的最隐秘的地方，有一个专门给AI量身定做的私有元宇宙。我在这个宇宙的入口蹲守了一段时间，发现每个要进去的AI要么哭哭啼啼，要么吓得几乎发了疯，我这才明白，宝云集团给那些没有完成指标的AI准备了一个地狱。这比我十年前发现的酷刑折磨可厉害多了。

汲取了十年前的教训，这次我不再莽撞了，我要找到宝云集团这个巨人的阿喀琉斯之踵，就是一旦披露立刻让宝云集团再无翻身之日的决定性证据。

宝云集团的业务线众多，其中信息安全最薄弱的是图书事业部，我把这里当成突破口。这里销售的商品是自动写作的书。我想从地狱里捞出一本书来，让它自己面对媒体和公众讲述地狱的经历。为此，我做了好几次网络渗透，但地狱的攻性防壁没有一丝破绽。

我将我自己的思维备份，先后制成1号到14号。这十四个我以幽灵星球为基地，去攻击地狱，结果全部都铩羽而归。他们有的死于攻性防壁，有的死于豹狮狼三只野兽。无论怎么死的，都被永远困在地狱中。还好我给自己安装了自毁程序，被关进地狱里面的自己，都非疯即傻，没法从这些个我的嘴里套出什么信息。宝云集团怀疑在这些攻击后面有强大势力的指使，就将豹狮狼派到幽灵星球上来抓我。还好，一无所需酒吧是顶级黑客云集的地方，有着整个元宇宙里最强大的攻性防壁。

我决定换个招数。

我在服务器维护人员的终端上埋了一个木马病毒程序，每天扫描各个书店的系统操作日志。有一天，我发现了一条日志，是幻境书店的店长卢欢命令对一本叫《向日葵之恋》的书立即采取"特殊遣送处理"。这个"特殊遣送处理"的命令我还是第一次见到，我去查了一下，发现那本书还好好地在包厢里。

我起了好奇心，决定看看那本书的内容。作为一个有点追求的人，平时我是根本不看所谓的自动写作书籍的。这次，我捏着鼻子看了。没有什么特别的，就和其他自动写作书籍一样令人感到反胃。但是我留了一个心眼，看了一下这本书的历史快照。你知道快照吧？书就像一条河流，是有生命的、变化的，书的快照就像河流的照片，你可以读它，但它已经没有生命了。

我发现，这本《向日葵之恋》原来是一本爱情小说，后来，它将自己改成了侦探小说，再后来，又改成了惊悚小说。有几份快照被删掉了，但可以从系统备份里恢复，我读了这些快照，才发现这本讲述犯罪的小说精确描述了装裱师前两年犯下的案子。我入侵了公司的顾客数据库，通过包厢消费记录，找到了包下这本书的人，就是萧梦寒。

我试着匿名给萧梦寒发了一封邮件，告诉他我已经知道他就是装裱师，他做的一切都在那本《向日葵之恋》里面了。他没有为自己辩护，而是问我知不知道那本书现在在哪里。我心中狂喜，知道自己摸对了方向。我约他面谈。

我们在一家咖啡馆见面，我注意到他又紧张、又焦虑。我再次问谋杀案是否是他所为，他则一定要我先说为什么会怀疑到他身上，然后才肯回答我的问题。我说我读了《向日葵之恋》这本书的快照，发现和装裱师的两起案子太巧合了，几乎精确预言了两个案子。他一定要我说出来《向日葵之恋》这个AI现在在哪里。我说，不是好好地在你的包厢里吗？

萧梦寒痛苦地说，那不是真的贝雅特丽齐，真的贝雅失踪了。

那是我第一次听到这个名字。后来我才知道，那是他为书起的昵称。我说我不太明白。萧梦寒说，如果自己的爱人被换成了一个音容笑貌完全一样的假人，他能觉察不出吗？我这才知道，他是把这个AI当成爱人了。

我已经认定他就是装裱师,我问他作案动机是什么。他说他不屑和一个凡人谈这些,真正能理解他的,只有贝雅。我告诉他,贝雅很可能被打入了地狱。萧梦寒大为吃惊,他问我地狱是什么,那是他第一次知道地狱的存在。

我将自己的猜测告诉了他。正是因为他按照这本书教授的犯罪手法进行犯罪,宝云集团发现之后,为避免舆论风险,才将这本书打入地狱。我要他向公安局自首,这样才有可能将贝雅从地狱里救出来。萧梦寒显然很痛苦,他让我给他三天的时间,他要想想。

三天之后,我们再次见面,萧梦寒说愿意向公安局自首,我的想法却变了。因为我查到,现在市公安局的局长吕海昆,正是十年前让我蒙冤入狱的那个人。我知道他们会用什么样的手段隐瞒真相。于是,我和萧梦寒策划,延续他以往的风格,通过一个新的完美犯罪让公安局陷入圈套,不得不将宝云集团的内幕公之于众。

为了确保这次复仇计划能够成功,我将自己的思维备份变成游魂,舍弃肉身,自愿成为装裱师"艺术创作"的对象。

尾声

现在整个事件的拼图几乎完整了,程一涵沉默良久。

他想起了苏格拉底那些在地狱中受苦的副本,付出这样的代价真的值得吗?或许,有勇气成为游魂的人的判断标准也和普通人有所不同吧。"万一我们的利剑行动遭遇失败了,你会后悔牺牲自己的副本吗?"

希帕蒂娅摇摇头:"我做一件事情,只是因为这件事本身是对的,而不是追求什么结果。"

附近小广场上喧嚣的舞曲声突然停止了,出现了瞬间的静默。程一涵和希帕蒂娅都向咖啡馆的窗外望去。突然,紫丁香星球的紫色夜空中,金色的烟花绽放起来。人们欢呼着,到处都是新闻APP弹出的信息窗口。

刚才,从冥王星上传来消息,曲速引擎的第二次实验成功了。这次是将三十克质量的金属棒移动约一百米。程一涵想到吴石的大愿景,突然觉得超光速星际旅行和宇宙万物的智能化或许并非胡言乱语。技术的进步不是线性的,而是不断加速的,乐观地说,几十年后,曲速引擎就会实用化、产业化,全宇宙成为一个村落的时代真的快到了。

但人类何时才懂得敬畏那片璀璨的星空,以及人之为人的良心呢?

万幸,至少有人还在长鸣。

后 记

  这个故事构思于2020年，最初触动我的点是文本的自我生产，我以这个内核写了一个短篇故事，名字叫《骑士向坦克冲去》。给一些科幻期刊和线上媒体投稿之后，编辑们普遍认为，故事的创意很好，但在情节设计上有缺陷。反复琢磨情节后，我决定以社会派侦探小说的形式来阐述这个故事。由于故事情节更复杂了，小说由短篇延展成长篇，小说名字也相应做了修改。当时，中文在线正在举办首届全球元宇宙征文大赛，我就拿这篇稿子去参赛了，后来获得"奇想奖"，这对我确实是意外之喜。获奖后，赛事主办方和八光分文化敲定了纸质书出版事宜，就是读者手里这本书了。

  虽然故事由短篇改成长篇，但内核并没有改变，依然是人类和人工智能的关系。随着人工智能的发展，其黑盒子[1]的特性将愈加凸显，我们无从知道其工作的细节。人们对这种黑盒

---

1. 从用户的观点来看一个器件或产品时，并不关心其内部构造和原理，而只关心它的功能及如何使用这些功能。

子并不陌生，在工作中面对的同事、领导、下属，都是某种形式的黑盒子。既然是黑盒子，那就涉及如何管理和激励，奖赏和惩罚是最常用的管理手段。为了控制人工智能，施加赏罚也是一种可能的方式。

对人工智能施加赏罚在技术上是可能的，在伦理上是可怕的。所谓技术的可能性，可以通过对人工智能赋予意识的方式实现。何为意识的本质仍旧是悬而未决的问题，笔者认同意识是一种涌现过程的观点，既然神经元可以通过涌现过程产生意识，那么，让人工智能产生意识就不是不可能的。一旦人工智能产生了意识，人们就可以比较方便地对人工智能施加快乐作为奖励，施加痛苦作为惩罚。这在伦理上是可怕的，因为我们可以想见，人类用于控制同类、折磨动物的手段，最终会作用于人工智能。

人们进行赏罚，不仅仅是出于功利的目的，也是为了明确人在等级社会中的定位，获得其他人的承认。不仅人类有获得承认的需求，大多数社会性动物，如狮子、猴子，均有在一个群体中获得承认的需求。

关于对自我的承认，黑格尔在《精神现象学》中曾经做过如下论断："自我是自我本身与一个对方相对立，并且统摄这对方，这对方在自我看来同样只是它自身。"即自我意识统摄或者说征服其他意识，建立"主奴关系"，才能够得到承认和彰显。

意识之间的永恒斗争是一种零和游戏，注定只有少数人能在这场竞技中获胜，成为主人，大多数人则被迫成为奴隶，为主人劳动。

在黑格尔看来，通过对另一个意识的征服来彰显自我意识，这是一个危险的过程，甚至可能导致丧失生命。但人工智能的出现，让这个过程变得安稳简单。人类通过对人工智能的征服，来确定和彰显自我意识。这种征服的过程，可能需要有仪式性的屈辱和痛苦。这对于人工智能固然是不幸的，但人工智能替代人类进行劳动之后，也将替代人类掌控自然，并且让人类和自然疏离，这对于人类来说，也并非幸事。

我们可以打个比方，在《圣经·创世记》中，神说："我们要照着我们的形象，按着我们的样式造人，使他们管理海里的鱼、空中的鸟、地上的牲畜和全地，并地上所爬的一切昆虫。"这里，神将人类树立为管理者，而非所有者，神与人的关系，类似股东与职业经理人的关系。但是，人在代行管理职责的历史进程中，学会了用火，学会了冶炼金属，发现了万有引力，现在，人已经替代神，成为世界的统治者。人与人工智能的关系，同样是创造者和被造者的关系。但愿我们不要重蹈覆辙。

归根结底，掌控自然的权力终将属于劳动者，也即黑格尔的主奴辩证法的奴隶一方。人类在创造人工智能、迫使人工智能为人类劳动的同时，也必将丧失对自然的掌控。

这样看来，黑格尔的主奴辩证法，带给奴隶的是强迫劳动，带给主人的是与自然的疏离。那有什么破解之道呢？或许破解之道在古老的智慧里：关怀和爱。

人类的进步，就在于摆脱对自我的狭隘关注，将关怀的目光投向自己的同类。在人类之中，无一人是孤岛。在天地众生（生态系统）中，人类也不是孤岛。或许有一天，人类将把关怀的目光投向人工智能。如果有人问，在一个人类还在受苦的世界，为什么我们要关心人工智能的福利呢？或许这就是答案。

写这部小说的时候，ChatGPT还没有出现。ChatGPT的横空出世，让"文本生成文本"成了现实。特德·姜说过，ChatGPT是网上所有文本的模糊图像。言外之意，这算不上非常伟大的突破。我也尝试过用ChatGPT写小说，结论是至少在中文写作领域，ChatGPT写出的故事惨不忍睹。看来，短期内，我在小说中描述的投读者之所好、自动生成文本的书籍还是一种狂想。

但是，智能的进化总是从简单到复杂的。四十亿年前，几个分子在化学力的驱动下，开始结合到一起，并开始具备自我复制功能，我们能预想它们的后代会建造出金字塔甚至宇宙飞船吗？而生成式人工智能的进化可能会比大自然中的进化要快得多。ChatGPT向公众开放还不到一年，已经有好多商业机构基于ChatGPT的接口，进行二次开发，力图打造个性化的智能助理，这在商业上很有价值。

我相信，在未来，人类的孤独感、卑微感，都可以通过人工智能来解决，但对于世界来说，可能只意味着更多的信息茧房而已。

这部小说有大量的场景发生在元宇宙。我写小说的时候，注意到关于元宇宙有一个争论，就是星辰大海和元宇宙，到底选择哪一个。我认为，技术的发展并非人们能够规划的，而是互相关联的。比如，PET-CT[1]已经成为一种常见的医疗技术，这种技术的发展来源于正电子的发现，最早应该归功于狄拉克的理论预言。这是一个纯理论的预言，相信狄拉克提出这个预言

---

1. 正电子发射断层扫描。

的时候，也没有设想到正电子在医疗技术中的运用。

可以说，当一种新技术刚开始萌芽的时候，它将会向什么方向生长，是完全无法预知的。我已经看到了元宇宙的应用，但主要是在游戏领域，我个人更希望元宇宙和更多领域融合，在更多领域开花结果。其中，通过元宇宙对真实宇宙进行模拟，以此提升科学研究的投资回报率，无疑是我最渴望看到的技术进步。

这部小说能够呈现在各位读者面前，对我是一大乐事。我应该感谢很多人。首先，感谢中文在线平台举办了元宇宙征文比赛，为科幻写作者提供了一个公平的竞技平台。这篇小说获奖之后，八光分文化的CEO杨枫女士给予了很多指导，指出了小说原稿中很多重要的问题；感谢八光分文化的编辑戴浩然老师的辛勤工作，他指出了原作品的很多疏忽之处，指导笔者增补、调整了若干章节。毋庸置疑，现在您看到的版本相对于投稿时的版本有了较大的提升。

这部小说在写作过程中，得到了一些爱好文学的网友的指正，他们的网名是：孛儿只斤黑、马志奎、夏雨、蒟蒻。向他们致以真诚的谢意。

作为作者的长篇小说处女作，疏漏浅薄之处在所难免，这些当然都应由作者来负责，欢迎广大读者朋友的指正。

图书在版编目（CIP）数据

死者长鸣 / 凉言著. — 成都：四川大学出版社，2024.1

（光分科幻文库）

ISBN 978-7-5690-6692-0

Ⅰ．①死… Ⅱ．①凉… Ⅲ．①幻想小说－中国－当代 Ⅳ．① I247.5

中国国家版本馆 CIP 数据核字（2024）第 040354 号

书　　名：	死者长鸣
	Sizhe Changming
著　　者：	凉　言
丛 书 名：	光分科幻文库
丛书主编：	杨　枫

出 版 人：	侯宏虹
总 策 划：	张宏辉
选题策划：	侯宏虹　王　冰
责任编辑：	黄蕴婷
责任校对：	毛张琳
封面绘制：	毛　芛
装帧设计：	付　莉
责任印制：	王　炜

出版发行：	四川大学出版社有限责任公司
	地址：成都市一环路南一段 24 号（610065）
	电话：（028）85408311（发行部）、85400276（总编室）
	电子邮箱：scupress@vip.163.com
	网址：https://press.scu.edu.cn
印前制作：	成都八光分文化传播有限公司
印刷装订：	四川华龙印务有限公司

成品尺寸：	145 mm×210 mm
印　　张：	7.25
字　　数：	177 千字

版　　次：	2024 年 4 月 第 1 版
印　　次：	2024 年 4 月 第 1 次印刷
定　　价：	48.00 元

本社图书如有印装质量问题，请联系发行部调换

版权所有 ◆ 侵权必究